JN114035

立ち上がった二人を居並ぶ諸将が見上げるその光景は、
まるで二人の英雄を崇めているような
一枚の絵画にも見える。
「項羽と劉邦」
その末席に座り、隣にも聞こえぬ程の声で呟いた男がいた。
田中である。

項羽と劉邦、あと田中 4

登場人物紹介

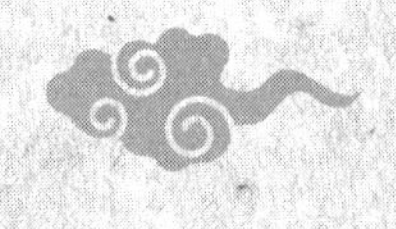

斉【せい】

田中（たなか／でんちゅう）

主人公。秦（しん）時代末期にタイムスリップし、田横に名を田中（でんちゅう）と田氏一族と勘違いされ助けられる。それを恩義に感じ田氏滅亡の未来を変えようと奮闘する。

田横（でんおう）

秦に滅ぼされた斉国の王の子孫で、再興した斉の将。仁義に篤く人々に慕われる英雄の器。助けた田中を気に入り相棒として行動を共にする。

田栄（でんえい）

田横の兄で再興した斉の宰相。整った顔立ちから常に冷静で穏やかに見えるが激情家。宰相として、未熟な田市を支える。

田儋（でんたん）

再興した斉王で田栄、田横の従兄。おおらかで義を重んじ、栄、横兄弟からも尊敬されている。章邯との戦いで、志半ばで倒れる。

田広（でんこう）

田栄の息子。気弱であったが田中と田横との旅を経て大きく成長。徐々に王族としての気風が備わっていく。

田市（でんふつ）

田儋の息子で再興した斉の太子。一族への想いが強いが、臆病。しかしそれを隠すために強がって高慢な態度をとる。田儋の跡を継ぎ、斉王となった。

田突（でんとつ）

田氏の一族。母方が騎馬民族の出身で馬の扱いは随一。生真面目で無口な性格。

華無傷（かぶしょう）

古くから田氏に仕える華一族の若者。軽い性格だが将としての才能を見せ始める。

蒙琳（もうりん）

趙高に暗殺された蒙毅の娘。亜麻色の髪に劣等感を抱いていたが田中のお陰で払拭した。田中と惹かれ合い、婚約する。

蒙恬（もうてん）

蒙琳の伯父。秦に仕える名将であったが始皇帝を暗殺した趙高の奸計により処刑されそうになる。それを田中達に助けられ、斉の客将となる。

楚【そ】

項羽（こうう）

秦に滅ぼされた楚の大将軍項燕（こうえん）の孫。叔父項梁の元で将としての才能を開花させ、その苛烈にして冷酷な戦いぶりで、敵味方問わず恐れられるようになる。

項梁（こうりょう）

秦に滅ぼされた楚の大将軍項燕の末子。慎重で思慮深い性格だが心中に激情を秘めている。旧王族を迎え楚国を再建して自らは武信君（ぶしんくん）を名乗り、対秦における最大勢力を築き上げた。

項伯（こうはく）

項梁、項羽を影から支える項梁の異母兄。

黥布（げいふ）

本名は英布（えいふ）。秦に捕縛されていた元盗賊。罰として顔に黥を彫られたがむしろ気に入り、自ら黥布と名乗る。陳勝呉広の乱に参加したが、独力の限界を見極め項梁の傘下に入る。

范増（はんぞう）

七十を超える老人。余生を静かに暮らしていたが項梁が中原へ進出したと聞くと、故郷の居巣からその足で千里を渡り、下邳の項梁を訪ね参謀となる。

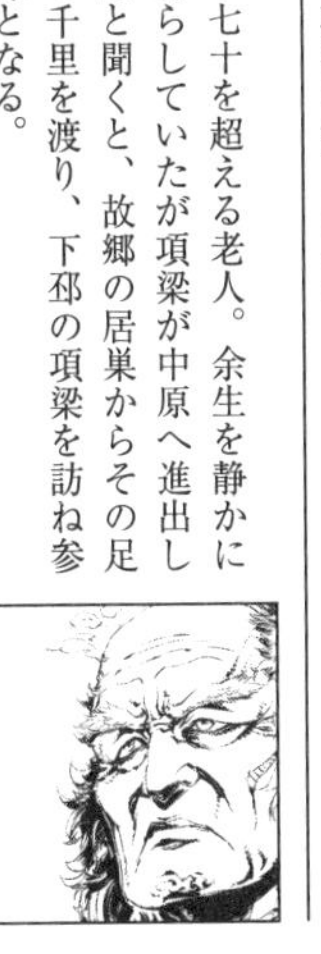

楚（劉邦軍）【そ・りゅうほうぐん】

劉邦（りゅうほう）

任侠を気取っていた沛の小役人であったが、田中の手助けもあり陳勝呉広の乱に乗じて沛の主となる。勢力が伸び悩み項梁の傘下に加わったところ、その人を惹き付ける魅力と軍才で有力な将の一人として頭角を表していく。

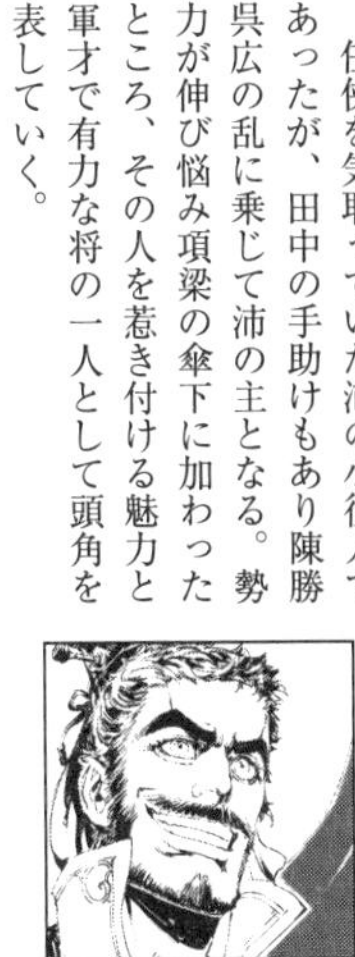

張良（ちょうりょう）

秦に滅ぼされた韓（かん）国の宰相の家系。韓再興のために道を模索している中、劉邦と運命的な出逢いを果たす。現在は劉邦の元を離れている。

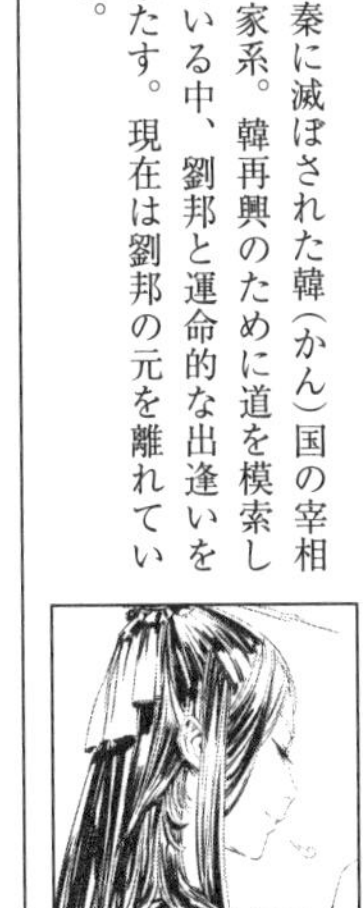

蕭何（しょうか）

劉邦の独立を助けた元沛の役人。損な役回りが多いが内政面で劉邦を支えている。

夏侯嬰（かこうえい）

沛の厩舎係（馬の世話や御者）であったが、兄貴分である劉邦の御者として付き従う。

曹参（そうしん）

元沛の官吏。蕭何と共に劉邦を支えている。

秦【しん】

章邯（しょうかん）

秦の将軍。軍務の乏しい九卿の一人であったが、祖国滅亡の危機に立ち上がり秘められた軍才を発揮する。宦官趙高の不穏な動きに注視しながらも反乱軍討伐に尽力している。

趙高（ちょうこう）

始皇帝を暗殺し、二世皇帝胡亥を裏から操る宦官。欲望を満たそうとする反面、その空しさから破滅も望んでいる。章邯の予想外の躍進に眉を顰めている。

胡亥（こがい）

秦の二世皇帝。趙高を恐れながらも栄華を保つため、自身を皇帝に擁立した彼を盲信している。

司馬欣（しばきん）

秦の官吏で役職は長史。章邯の才に早くから気付いており、その副将として反乱軍の鎮圧に向かう。高揚すると顔を近づけてくる。

別斉【べっせい】

田假（でんか）

秦に滅ぼされた斉の最期の王、田健の弟。老齢で気力に乏しく田安、田都に黙って付いて行くのみとなっている。

田安（でんあん）

秦に滅ぼされた斉の最期の王、田健の孫。自尊心が高く傲慢な策謀家。再興した斉を認めず自身が斉王となることを画策している。

田都（でんと）

田假、田安に従う一族のひとり。将才と野心に溢れる男。田横に対抗心を燃やしている。

趙【ちょう】

張耳（ちょうじ）

旧魏（ぎ）の臣で外黄という県で、県令を務めたこともある名士。

陳勝呉広の乱を機に武臣を擁立して趙（ちょう）を再興させ、武臣が討たれると亡趙の公子であった趙歇を擁立して秦に反抗を続ける。陳余とは刎頸の交わりの仲。

陳余（ちんよ）

張耳を敬い、長年秦から逃れていた。張耳と共に趙を再興するも、張耳と軋轢が生じ始める。

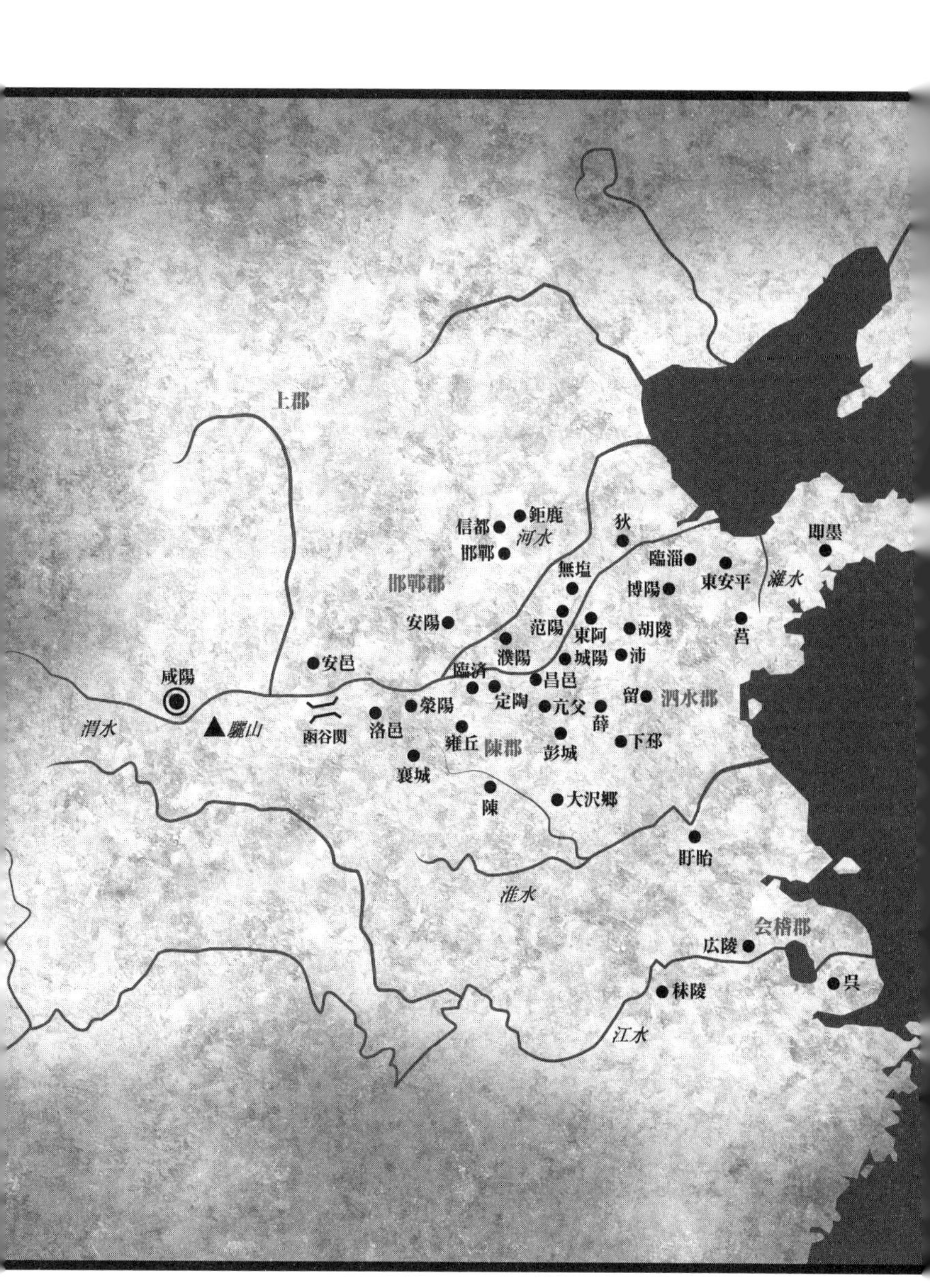
上郡
邯鄲郡
鉅鹿
信都
河水
邯鄲
狄
臨淄
東安平
即墨
濰水
無塩
博陽
安陽
范陽
東阿
胡陵
莒
濮陽
城陽
沛
安邑
臨済
昌邑
咸陽
定陶
亢父
留
泗水郡
滎陽
薛
渭水
驪山
函谷関
洛邑
雍丘
陳郡
下邳
彭城
襄城
陳
大沢郷
盱眙
淮水
会稽郡
広陵
秣陵
呉
江水

第16章 謁見と護衛

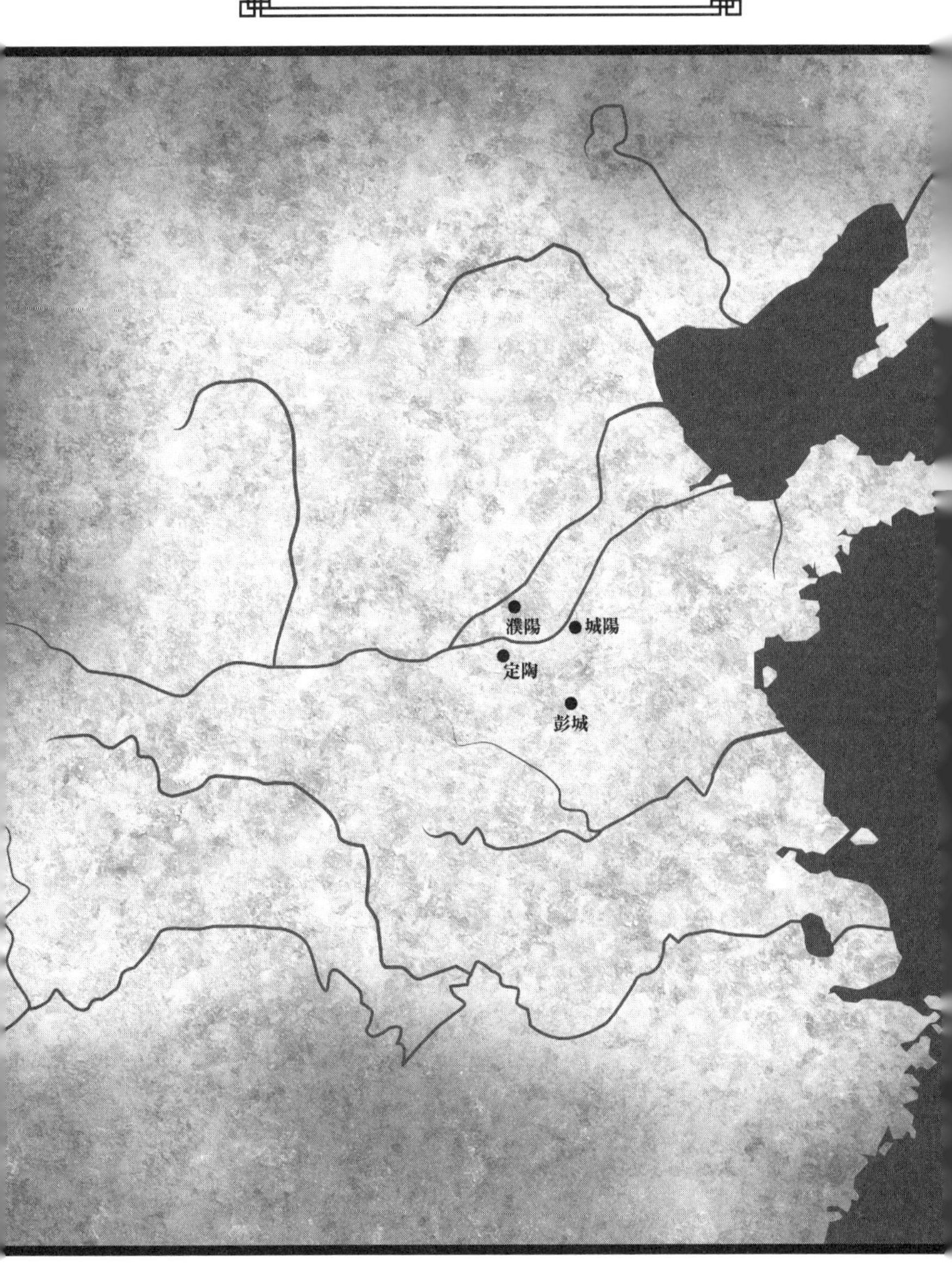

田儋亡き後、田市を王とし田栄が宰相として補佐というか主導する斉は、楚からの対秦への共闘の申し入れを受ける。

それに対して田栄は楚王が匿う旧斉の王族で反乱者である田假、田安、田都の引き渡しを要求した。

楚はこれを拒否し清廉を貫く田栄は、ならば軍を出さぬと両国の関係は険悪な雰囲気に包まれる。

このままでは秦どころか楚とも敵対してしまう。

秦が倒れたその先、新たな時代で孤立しないよう清濁飲み合わせた立ち回りが必要だ。

そこで立ち上がったのが俺、田中。

妻となった蒙琳さんに背中を押され、楚との国交継続のため斉での職を辞して楚軍へ向かったのだ。

斉の態度を柔和させるための田栄の説得は弟である田横に任せた。

その時を稼ぐために、俺は斉と楚の緩衝材として武信君項梁の元へ向かっている。

そう、妻となった琳さんに。

婚礼の議を交わした翌日に。

単身赴任なのだ。

……いや自分で決めたことだから。

田横、なるべく早く頭の固い兄貴を説得してくれ！

早く斉に帰って甘い新婚生活を……。


という訳で、章邯が籠もる濮陽を囲う楚軍の近くまで無事やってこれたのはいいんだが。

「おい、この先は我が楚軍が陣を張っておる。従僕も連れておらぬような貧乏商人が売れる物などなかろう。あ、いや食い物ぐらいは持っておるか。わしが買ってやろうか？　見せてみよ」

楚の兵達に絡まれている。

どうも商人に見えたようで、兵の一人が犬でも追い払うように手を振る。

貧乏て。まぁ、使用人も雇えない貧乏商人に見えなくもないか。

これどうすりゃいいんだ。

身分を証明する物がないわ。てか今の身分、無職で確かに貧乏だわ。

いきなり武信君に会わせて下さい、なんて言っても絶対無理だろうし、俺のこと知ってるお偉方つったら、項羽と劉邦と龍且辺りか。

……項羽はちょっと気まずいか。できれば龍且がいいな。いい人そうだったし斉に友好的な気がする。

劉邦でもいいが、あのおっさんに捕まるとなんか面倒くさそうだ。

「いや、待て。確かに貧乏そうな顔だが、さすがに一人というのは怪しいぞ。秦の間諜ではないのか？」

俺があれこれ考えていると、話が失礼な上に勝手な方向に。

「いいえ、私は商人ではなくてですね……」

「やはり間諜か！　こやつ観念して吐きおったぞ、捕らえろ！」

待て待て待て！　短慮が過ぎるぞ！

必死の静止を余所に兵達は俺を捕らえようと取り囲む。

「お待ち下さい！　私は斉の方から来た者です！」

あ、なんか消火器を売る消防署の方から来た人みたい。

「私は斉の外交に携わっていた田中と申します。どうか劉邦将軍か龍且将軍、項羽将軍でも……いや、いずれかにお目通り願いたく参上いたしました」

俺の怪しい言葉に取り囲む何人かが反応し、構えた武器を下ろす。

「斉で田姓となれば、まさか王族の方……ですかい？」

いいぞ、その勘違い。他国の王族に武器を向けたとなれば大問題だからな。

武器を下ろして一旦落ち着いて話そうね。

しかし尋ねた者に血気盛んな男が肩をぶつけて、武器を構え直すよう促す。

「たわけ！　王族が一人で来る訳なかろうが！　斉に田姓なぞ幾らでも居るわ。こんな貧相な王族がおる訳なかろう。世に聞こえる我が将の名を出せば、誤魔化せると浅知恵を働かせおって」

早とちりなクセになかなかの洞察力。

でも旧国、皆没落してんだから貧乏な王族だって居るかもしれないじゃねぇか。実際、楚の王だって羊飼いしてたんだろ。

そう反論しようとしたが、火に油を注ぐ気がして口をつぐむ。

ヤバいな、もういっそのこと一度捕まってから面会を頼むか？

いや、多分捕まえた者の要求なんて通らないだろう。拷問なんてされたら……。

彭越の拷問を思い出して背筋が凍り、全身が粟立つ。

駄目だ、絶対に捕まりたくない。

足の指、大事！

取り囲む兵達の輪がジリジリと近づき、俺もジリジリと下がる。

回れ右をして走り出そうかという時、

「何の騒ぎか」

知った顔が割って入ってきた。逞しい体格の落ち着きのある男。

「お主は田中殿ではないか」

その男は少し驚いたように俺の名を呼び、

「曹参殿、助けて！」

俺は縋るようにその男の名を呼んだ。

陣を巡回中であった曹参に助けられ、俺は劉邦との面会を頼んだ。

面会を待つ間、曹参に東阿救援後の楚の動きを尋ねることにした。

曹参によると楚軍は城陽と定陶の攻略に分かれたという。

攻略を任された劉邦と項羽は易々と城陽を落とし、さらにその周辺の城を落としながら濮陽に迫ったそうだ。

「今や沛公は城攻めの達人としてその名を轟かせている」

野戦で無類の強さを誇る項羽と攻城の巧者の劉邦。

この二人が揃えば破れぬ陣はなく落ちぬ城はないと言われているらしい。

項羽はわかるが、あの劉邦がねぇ……。

負けてばっかだったと記憶していたけど、戦上手なんだな。

まぁ本当に戦下手なら最後まで勝てないか。項羽がそれほど強かったということだろう。

「その間に武信君は定陶を陥落させ、濮陽を攻めるため集結したところだ」

定陶は北に済水が流れる交通、物流における要所の堅城で、劉邦達が数城を陥落させるより時間を要したようだ。


やがて許可が下り、曹参に連れられ一つの営舎へ辿り着いた。

「おう田中、一人らしいな。田横殿はどうした、追い出されて俺に仕えに来たのかい？　ならば歓迎するぜ」

そこには両手を拡げた劉邦が人好きする笑顔で待っていた。

冗談が冗談じゃないから笑えない。探っているのか。

変に鋭いから、油断できないわ、ホント。

「お久しぶり……というほどでもありませんが、ご拝謁をお許し頂き感謝いたします」

劉邦は今や楚の二大将軍だ。無職の俺はへりくだって頭を下げた。

「よしてくれよ、俺とお主の仲じゃねぇか。以前通りで構わんよ」

どんな仲だよ。

俺は劉邦と向かい合い、色々と言葉を濁しながら武信君への顔繋ぎを依頼する。

「少し思うところがありまして。身軽な無位無官で動くことにいたしました。どうか武信君にお口添えをお願いしたいのですが」

劉邦はにこやかな顔だが、それに似つかわしくない鋭い目を向けた。

「斉のためかい」

「両国のためです」

劉邦は顎の鬚を扱き、話題を変えた。

「さすがに秦の主力だけあって濮陽の守りは固い。一度勝ったとは言え、章邯と正面から戦えば濮陽を抜くだけで何年掛かるかわからん。……斉軍が参加していれば、という声もちらほらある」

斉に批判の声が上がるのは仕方がないことだろう。

「武信君に直接弁明できればと思っております」

「無位無官のお主が斉を代弁してもいいのかい？」

劉邦の笑みに皮肉の色が乗せられる。

「私が職を辞したのは暫く楚へ留まるため。宰相田栄の許しを得て、この場におります」

勝手にしなさいって感じだったけど、無理矢理拡大解釈して好きにやれってことにして動く。

「人質としては不足ですが、斉との繋ぎとしてはそこそこかと自負しております」

一応、斉の中枢に居たしな。

「そこそこ、ね」

劉邦はふんと鼻を鳴らし、それから重そうに溜め息を一つ吐き出した。

「武信君もここで斉と険悪になることは望んでいまい。お主とは面識もあるし、願い出れば拝謁も叶うだろうよ。ただし、匿われている田假達についての話は無しにしろ。機嫌を損ねるだけだ」

「しかし、それでは……」

国交断絶を避けるためが第一だが、その交渉も重要な案件なんだが。

「武信君は楚の力となるなら斉の王が誰であろうと構わんと考えているだろう。この件については盱眙（くい）の意向が強い。前にも言ったが、あの方にあちらと揉（も）めてまで他国の王位に首を突っ込む暇などないよ」

劉邦は顎を上げて楚王のいる盱眙のある方角、南東を指し示す。

最前線で戦っている者を面倒な外交で煩わせるなよ、と付け加えた劉邦は自身も面倒くさそうに顔を歪（ゆが）める。

うーむ、がっつり釘（くぎ）を刺されたな……。

すぐにこの話題を出そうとは思っていなかったが、項梁（こうりょう）を味方に付ければ楚王への交渉はかなり有利なはずなんだがなぁ。

今は劉邦の言う通り心証を悪くするだけか。

斉との連携で友好をアピールしつつ、田横が援軍を連れて来てくれるタイミングでこの話題を振るか。

秦との戦争が一段落して、政争が本格化するまでに主張しておきたいところだが。

これは長期戦になりそうだ。

「わかりました。今はその時機でないということですね」

「焦りは禁物だ。物事には流れってもんがある。この戦乱で俺も身に染みたぜ……」

劉邦は頷き、つくづくといった風にそう語った。

このおっさんも飄々としているように見えるが、色々苦労してんだな。


「ところで今の戦況ですが」

俺は話題を変え、濮陽攻めの状況を聞く。

先程ちらりと苦戦しているようなことを言っていたが。

「悪くはない、が良くもない。濮陽に迫ったのはよいが城周りに塁が固く築かれ、膠着しておる。

正直俺からすりゃ、斉から数万援軍が来たところでこの戦況を覆せんだろう」

劉邦は面白くなさそうに悪態を吐き、戦況を語る。

「武信君の指示はこのまま包囲戦ですか？」

できれば今のうちに武信君項梁を戦場から下がらせ、彼が亡くなるという未来から遠ざけたい。

彼は俺の問いに片眉を上げて考えこみ、

「いや、どうだかな。楚の将達は座して待つ気性ではないからな。……そうだな、一番我慢の利かぬ将軍がそろそろ何か提言するかもしれん。挨拶がてら訪ねてみるか」

ポンッと手を叩くと、立ち上がって陣幕の出口へ向かう。

「お主も何を言われるかわからんから、武信君に謁見する前に会っておいた方がよかろう」

劉邦は肩越しに悪戯（いたずら）そうな笑みを向け、俺を外へ促した。

まぁ、そうか……先に会っておいた方がいいかねぇ。

劉邦に続いて陣幕を出た俺は楚軍一勇ましく、楚軍一の血気盛んな若者に会いに行くことにした。


先程の劉邦の陣は活気に溢（あふ）れ、時々笑い声も聞こえていたが、今訪れている陣は静かだ。

無駄話もなく、黙々と自分の仕事をこなしている。

しかし暗く沈んだ雰囲気でなく機敏に動く兵達は皆、昇り立つような活力を感じさせる。

俺が想像する軍隊といった感じだ。自信とやる気に満ちている。

「将の色がよく出ているだろう」

見透かしたように劉邦が笑う。

「ええ、厳しい規律が楚で一番の兵という自負に繋がっているようですね」

「まぁ俺にゃ真似（まね）できんが、俺には俺のやり方があるしな。どちらが優れているって訳でもないさ」

畏敬と親近か。

田横の軍は敬愛といったところか。どちらかといえば劉邦に近いかな。

人の上に立つ将としてどちらが優れているかなんて俺にはわからんが、田横の軍は居心地が良かったな。

現代での軍務経験なんてない俺にはガチガチのこの軍は、ちょっとキツイかもなぁ。

そんな話をしながら緊張感のある兵達の中を進んでいると、正面からこの精悍な軍とは異質な男達が出てきた。

その中心にいる男。

引き締まった鎧姿の兵達と違い、太めの身体を優雅な着物に包んでいる。垂れた目が柔和そうだが、小さな鼻と厚い唇がその印象に違和感を与える。

総合的に見るとなんか暑苦しいというか、胡散臭いというか。

「令尹殿ではありませぬか」

劉邦は少し驚いたように数人の従者を引き連れたその男に拱手し、道を譲る。

え、令尹って楚の宰相のことだよな？　この人が高陵君の言ってた宋義なのか？　盱眙にいるんじゃ？

なんにせよ、これはラッキーかもしれん。

高陵君の名を出せば、交渉とはいかないまでも対話の場が持てるかも。

「劉邦……殿か」

宋義は道の脇に退いた劉邦を一瞥（いちべつ）し、大きな目を細めてどこか冷めた声で言い放った。

劉邦とは親しくないのか。

あまり接点もないだろうし、項梁の子飼いだからかな。

楚王と項梁に確執があるなら、宋義は楚王派の大物ということになるだろう。

しかし劉邦は気にした様子もなく笑みを浮かべ、宋義に問う。

「盱眙から来られたのですかい？」

その劉邦の態度が気に入らないのか、宋義は益々（ますます）冷めた声で応える。

「王から我が軍を視察せよとの下知を受けてな。武信君に手が要るようなら援（たす）けよと」

劉邦を侮っているのか、それとも見せてもかまわんと思っているのか、宋義の口調に不満が見え隠れする。

しかし今の話を聞く限り、擁立してくれた恩もあるのだろうが楚王は項梁を悪くは思っていないのかな。

だとすれば王と項梁がというよりは、盱眙の宮中と項梁の軍閥が争っているのか。

その辺りも探れたら、今後の交渉に役立つかもしれん。

「ほう、してこの陣には」

劉邦は宋義がこの場にいる理由を尋ねた。

「東阿で斉を救い、常勝であった秦の章邯を破った我が軍きっての勇将に王から労いの言葉を伝えるためだ」

「さすが王は心篤い御方でらっしゃる」

劉邦は両手を拡げて楚王を称賛する。

「それから」

その大袈裟な態度を無視して宋義は続ける。

「楚軍の強大さを中原に響かせたが、同時に残虐な噂も風に乗って聞こえてきておる。軍の悪評は王の悪評。要らぬ荷を王に背負わせてはならぬと、言い聞かせて参った」

「……ほう」

まるでやんちゃな子供にお説教をしてきた、という風の溜め息混じりの宋義の様子に劉邦は笑顔のままだが、その笑顔がぎこちなくなる。

「あの名家の者に苦言を呈すのは難しいかもしれぬが、そのためだけに私が往復するのも骨が折れる。劉邦殿も出身は存じぬが今は将の一人。少しばかり諫めるのも忠ぞ」

名家に意見できる自分はさらに名家だとアピールしつつ、劉邦がどこの馬の骨とも知らんと暗に蔑む。

そんな素晴らしく嫌味な言葉を残し、宋義は従者を引き連れて去っていった。

なかなか辛辣な人物だな。

宋義が項梁や項羽に対抗心を持っているのは確定みたいだな。

そして名門意識が高い。

「全くもって嫌な野郎だ。二言目には名家だ、名門だと……」

彼を見送る劉邦から小さなぼやきと舌打ちが聞こえた。

宋義は敵が多そうだ。あまり近づきすぎると項梁側から変な目で見られそうだな。

接触の仕方はよく考えないといけないかもしれん。

「しかし、なんとも間の悪りぃことだ」

気を取り直して一度歩き始めた劉邦は頭を搔き、盛大な溜め息を吐く。

「と、言いますと？　あぁ……そうか」

最悪なタイミングかもしれん。

「うむ、これから会う御仁は今、恐ろしく機嫌が悪そうだ」

だな……。

「将軍は居られるかい」

先に伝令をやり連絡をしていたお陰か、劉邦の言葉に護衛に立つ兵は拱手し、すぐに中へと促した。

「劉将軍、客とは……お主か」

挨拶もなく不躾な視線を俺に送る、楚軍一の猛将、項羽。

俺を見るその鋭い眼は、普段より一層鋭利に細められている。

歓迎されてはいないらしい。まぁ、そりゃそうだ。

存亡の機を援けたにも拘わらず、斉は濮陽攻めの誘いを断った。それが原因とまでは言わないが、この膠着状態。

そこへのこのこ現れた俺。加えて宋義の小言を散々聞いた直後である。

「何をしにきたのだ、斉人。援軍にきたのか？　お主一人で」

機嫌が良いはずがない。

鋭い矢のような眼光と突き刺すような皮肉の槍に、背中に冷たく汗が伝う。

「武信君項梁様に兵を出せぬ弁明に。そして暫く楚軍の寝床を拝借いたしたく参じました」

項羽は、はっと呆れたように嘲笑する。

「弁明？　寝床だと？　斉兵が加わっていたところで戦局は動かぬだろうが、義を欠くお主らに怒っている者は少なくない。寝首をかかれに来たのか」

例えば目の前の……。

「なんなら私が、今この場でその細い首を捻ってやろうか」

ですよね！　貴方がその急先鋒ですよね！

「項羽殿、まぁ落ち着きなされ。一人で弁明に来た度胸に免じて話を聞いてやってはいかがですかい」

劉邦が間に入り、項羽を諌めてくれる。なんだかんだと面倒見のいい男だ。

「この田中は中々使える男だ。武信君の側には武を振るう者は多いが、弁知を振るう者は范増殿くらいでしょうよ」

武信君の側にというのは、楚王側の顔色を窺わずに……ということか。

「今は舌を回し、唾を飛ばす時ではない。剣を振り弓を引き放てば、口は閉じられる。令尹もそれを理解しておらん」

過激だな。力で全てを解決しようとするか。

「なにを仰るか！」

突然の雷のような怒鳴り声に俺達三人は首を竦める。

な、なに？　誰？

見れば陣幕の入口に声の主が立っていた。

その人物は透けるような白髪の老人。

しかし背筋はピンと張っていて、エラが張った頬と爛々と光る瞳が、老人らしからぬ精力を見せる。

「范翁……！」

その老人の名を呼ぶ項羽の声は今までの剛胆な声とは違い、物怖じしたようななんともばつの悪そうな声色だ。

「今、武に重きがあるのは認めますがな。それでもいらぬ敵を作ることは回り道であり、武信君もそう考えているからこそ斉に使者を通わせておる」

突然現れた范増は項羽を叱るように諭し始めた。

「舌を回さなくてよい時などあろうものか。対話するのが人というもの。牙を剝き、爪を振り下ろすだけなら獣でもできますぞ」

「っ……」

項羽の顔が苦々しく歪む。

これは、心強い味方の登場……かな？

「は、范翁はなぜここへ？」

范増はギョロリとした目で項羽を見据える。

見られた項羽の顎がグッと引かれたが、力を込めて范増を見返す。

この老人は楚随一の将ですら憚る存在なのか。

確かになんか逆らえない怖さがあるな。

「この地に令尹が来訪した。あの男のこと、もしこちらへ嫌味を言いに来ても相手になさるなと項羽殿に伝えに来たのだが。斉からの珍客がおると聞いて覗かせて頂いた」

「令尹についてはもう遅い。散々小言を言って去っていった」

項羽は憮然と応える。

「そうですか。手を出したりはしておらぬでしょうな」

「出すものか！　范翁、私にも分別はある」

そう唾を飛ばす項羽に、頑固そうな顔をくしゃりと歪めてみせた。

「ふむ、それは重畳。少しは将としての自覚が出てきましたかな」

項羽は顔を赤く怒らせながら何か言いたげであったが言葉にならないようだ。

そんな項羽を無視し、范増は俺の方へ向き直る。

「斉の田中殿であるな。以前一度お会いした」

「はい、東阿救援の折に。その節はお世話になりました」

范増は片眉を上げ、

「借りができたと思っておるならば、素直に返せばよい。言葉遊びをしている暇はないぞ」

そうピシャリと言い放った。随分手厳しい爺さんだ。

「うむ、そ……」

その言に便乗しようと項羽が何か言いかけるが、白い眉の奥で光った睨み一つで止める。

「そうは言っても国と国。様々な思惑が絡み、事は単純ではございません。私はそれを説明する

ために武信君の下を訪れたのです」

「ふん」

俺の釈明に范増はそんなことは百も承知だという風に鼻を鳴らす。

「ならばその複雑な理由を、武信君の耳に入れる前に先ずはここで聞かせてもらおうか」

そう応える范増のギョロリとした目に俺も思わず顎を引いた。

ち、ちょっと落ち着いて考えよう、っていつの間にか劉邦がいねぇ！

逃げたのか？　やっぱ面倒見よくない！　勝手な奴だ！

いや、それは後だ。今は目の前のこの爺さんをなんとかしないと……。

うーん……范増なら斉が兵を出せないけど楚とは繋がりを絶ちたくないという思惑は、俺がここにいる時点で理解しているだろう。

『武信君の耳に入れる前に』ってことは武信君との面会に反対ではないということだよな。

ということは范増も積極的ではないかもしれんが、斉との断交は望んでいないと思っていいのか？

小言はもらったが、ああいう爺さん特有の癖みたいなもんだ。

范増の物言いや態度にそこまで悪意は感じない。

より不満が大きいのは項羽だ。これは項羽に言い聞かせる体でいくのがいいかもな。范増相手よりやりやすいし。

俺は一つ小さく息を吐き、項羽に向き直って語り始める。

「武信君の目指すところはどこなのでしょう」

「なに？」

俺のいきなりの問いに、項羽が思わずという風に問い返す。

「武信君は秦を討ち倒した後、前時代のような幾つかの国で共存していく形を思い描いておられるのでは」

「その国々の先頭に立ち、覇を唱えるのが楚だ」

推測を否定せず、項羽は言葉を付け足す。

だよな。魏の魏豹、韓の横陽君などに兵を貸したと聞いたが、数か国共存を思い描いていなければそんなことはするはずがない。

「秦滅亡の先を見据え、各国の再興を援助する武信君の功績は疑うべくもありません」

佞言と捉えたのか、范増がまたふんっと鼻を鳴らす。

やりにくい……厳しい教授の前で論文発表してる気分だ。

「斉も危機に救援して頂き、その恩は必ず返す所存です」

「ならばなぜ兵を出さぬ」

俺の謝意に項羽は嚙みつく。

「実のところ、斉はすぐには兵を出す余裕がありません」

「なに？」

「……」

疑わし気に項羽は眉をひそめ、范増は黙したままだ。

「章邯に先王を討たれ、主力軍は東阿での籠城戦で疲弊し、そして旧王族の臨淄（りんし）強襲は火種を残して燻（くすぶ）っております」

実際、田安（でんあん）達が臨淄を強襲できたのは田角（でんかく）田間（でんかん）兄弟以外にもどこかの邑（ゆう）が協力したからではないかと、調査をしている。

「王を継いだ田市（でんふつ）様はまだ若く、先ずは足元を固めねば再びつけ入る隙を生むことになりましょう」

「……」

項羽は変わらず厳しい表情のままだが、口を挟まない。

多少話を聞く態勢に入ったかな。

「奴らが斉から逃れ楚王の下にいる現状、楚に協力して兵を出すとなれば情報が筒抜けで隙を見せることになる」

「こちらは楚に協力するなら、斉の王が誰であろうとかまわん」

項梁もその考えだろうと劉邦が言っていたな。確かに楚にとっては協力的なら斉王が誰でもいいだろう。むしろ匿っている貸しの大きい田安達の方が都合がいい。

そうなれば楚が斉の王位に口出ししてくるなんてことも大いにあり得る。

でも今は、内政干渉している場合じゃない。

「田安が斉王に成り代わるなら国の中枢が総入れ替えとなり、国内を安定させるまで戦争どころではなくなりましょう。それに我らも黙って席を譲る気はない」

まぁ、俺の席はすでにないけど。

内乱となれば援軍どころではない。それは楚にとっても面白くないだろう。

せっかく秦を攻める機会に、後ろで内輪揉めしてたら五月蠅（うるさ）いことこの上ない。

「そういった理由で兵を出す気がない訳ではないのです。国内が落ち着きさえすれば、田横が兵を率いてきましょう」

嘘（うそ）は言ってないぞ。田横が田栄を説得して派兵してくれるはず…………多分。

田横の名に項羽は一瞬渋い顔をしたが、鼻白んで非難を浴びせる。

「では最初からそう言えばよいのだ。何度も使者を交わし、無駄なことを」

俺もそれは多少思わなくもないが。

「まぁ、そこは国同士の面子（メンツ）というもの。本音と建前の釣り合いですね」

「……実にくだらん」

項羽は苦虫を噛み潰したように、吐き捨てた。

納得はしていないようだが、多少の理解はしてくれたかな。

面子に拘る姿勢よりはこっちの理由の方が理解を得やすいと思う。弱味を見せる結果となったが、悪感情を持たれるよりはマシだろう。

黙って聞いている范増が気になり、俺は視界の端で様子を探る。

「実と虚を混ぜ合わせおって。いや虚とも言い切れんところが小賢しい。縦横家を気取るつもりか」

范増は辛辣な言葉とは裏腹に、うっすらと口の端を上げる。

「今は斉の職を辞し、無官の身。武信君のお許しあればこちらで世話になり、斉と楚をさらに強固に繋ぎたいと思っております」

「ますます小賢しいことを言う。が、しかし」

さらに口を歪めて続ける。

「無官の身ならばお主個人の思惑ということになる。書状も何もないのであろう。斉の首脳とお主の言動が一致しているという確証はない」

「っ……」

痛いところを突く……。田栄から書状なんてもらえないだろうし、せめて田横からでも書いてもらっておくべきだったか……。

「まぁ、それは斉に確認を取れば済む話であるし、虚実であれば名を落とすのはあちら側である。

小賢しい口を利くお主がそこまで短慮には見えぬしの」

　范増の厳しい眼が少し和らいだ。

　はぁ……課題はあるが、なんとか及第点はもらえたようだ。

　項羽も范増が許したならばという不承不承な態度で押し黙った。

　ある意味、范増が来てくれたお陰かな。

　とりあえず項梁との会談で糾弾の声を挙げられることはない、かな。

　ここでふと、疑問が浮かぶ。

　このまま順調に事が進むとして、各国を援け秦を討った最大の功労者である項梁はどうなるのだろう。

　楚の臣のままでいるのだろうか。

　楚に留まるとなると、王も憚る立場となるだろう。それを楚王や付き従う宋義などはどう扱うのか。

　今でも楚王は気を遣っているようで、宋義はそれが面白くない様子だったしな。

　下手したら国が割れそうだ。

　その辺は項梁の考え一つだが、歴史が変わってしまうと先が全く見えなくなるな。

　今も覚えていないことだらけで大して見えていないが……全く違う未来が来るとなると世界はどうなるのだろうか？

少し物思いに耽り会話に間が空く。項羽は興ざめしたのか、

「元々私は斉などあてにしておらん。お主も軍の端で我らの進撃を見ていればよい」

せいぜい邪魔だけはしてくれるなよ、そう言って俺に退出を促す。

はぁ……殺されなかっただけでも善しとしておくか。


っと、大事なことを忘れるところだった。

我に返った俺は慌てて二人に問い掛ける。

「ところで項羽殿、范増殿」

「……なんだ？」

項羽はこれ以上話すことはないとばかりに、面倒くさそうに返す。

范増もまだあるのかと眉をひそめる。

いやいや、ここからがある意味本題だから。

「武信君がいつまでも前線に立つのは危険だとは思いませぬか？」

俺は問いかけるよう、項羽と范増の二人に目を合わせる。

「楚軍が精強な軍と成しているその源は武信君でありましょう。少し危ういことを言えば、ここにいる将兵は楚王に忠を向けているというよりは……」

「おい、お主。やめい」

范増は俺の言葉を止め、項羽はチラリと陣幕の出入口を覗く。

宋義が頭を過ったのだろう。

「失礼、失言でした。しかし癖のある猛烈な将と兵を使いこなす武信君は、なくてはならぬ英傑」

それについては疑うべくもなくといった様子で范増は深く頷く。

「然り。地の名主から盗賊まで玉と石が混じって尚、一つと成しているのは武信君の懐の深さに因る」

猛獣のような項羽や、ぽっと出の劉邦の才を見出して重用してる。

案外、罪人や外聞の悪い者でも能力があれば拾い上げる劉邦の器の大きさは、項梁に倣ってのことかもな。

俺は軽く頷き、漸く主題を切り出す。

「目下最大の敵、章邯の戦い方はお二人とも、特に項羽殿はご存知でしょう。彼は手強い敵と当たる時……」

項羽は俺の意図を察したのか、鋭く目を光らせ口を開いた。

「奴は軍の中心、大将を狙う……か」

項羽はその性格を利用して章邯を破った。

さすが戦術となると察しがいいな。

俺はその回答に深く頷くと、意図が伝わったようだ。

斉の先王は予想外の夜襲に討たれた。章邯がまた何かしらの奇策で項梁本人を狙うことは大いにあり得る。

「武信君を戦場から遠ざけろということか」

范増が俺の言わんとしていることを口にした。

「我ら楚軍が叔父上を守り通せぬというのか。斉の弱兵と一緒にするな！　と言いたいところだが……」

意外なことに項羽の声には怒気はなく不機嫌ではあるものの、その可能性を探っているようだ。

戦闘に関しては冷静で客観的な思考。それが項羽が楚一の将たる所以（ゆえん）か。

そして范増も思うところがあるのか、口をへの字に曲げ、腕を組む。

「戦場では何が起こるかわかりません。流れ矢一本で形勢が傾くこともありましょう」

「違いないが、それを気にしていては戦なんぞできぬ。武信君が退がれば将兵の士気にも影響が出る」

「叔父上も静かに見えて楚人としての矜持（きょうじ）は大いに持っておられる。退がれと言われて首を縦に振るとは考えにくい」

二人は悩みながらも否定的な言葉を口にする。

項梁の身を案じながらも、前線指揮もやむなしといったところか。

「なにも武信君に盱眙まで退けということではありません。危険な戦場を避け、堅牢な城にて指揮を取ることはできましょう」

「しかし戦は即断が肝要。その僅かな指揮の遅れが戦況を左右する」

蒙恬(もうてん)から習った『孫子(そんし)』にもあったな。

戦争において判断の速さが、生死を分けるほど重要なのは俺も理解している。

「楚軍の各将の現場での迅速な判断が、これまでの快進撃の根幹でありましょう。武信君が戦場に出なくとも項羽殿を始め猛将、優将がおられる」

項羽は猛獣のように荒々しくもどこか冷静で、直感的ながら理に従っている部分がある。

「うむ。まあな」

項羽は謙遜もせず肯定するが、満更でもなさそうだ。

「項羽殿の提した斉救援の策は見事に嵌(は)まり、無敗の章邯を退けました。戦術、戦場での指揮に関しては武信君を凌(しの)ぎましょう」

俺の更なる称賛に気を良くした項羽は、若干緩んだ頬をその大きな手で隠す。

范増の非難の目にも気付かない。

「叔父上は慎重であるからな。どちらが優れているという訳ではないだろうが、あの時は私の大胆な勇敢さが功を奏した」

大胆な勇敢さと言うか無茶苦茶な強引さとも言えるがな。

しかしそれが楚兵の性格と相まって、激しさと強さを生み出しているのは確かだ。

「武信君が大きな方向性を示しながら後方を支え、意図に沿って項羽殿が指揮する。現状とそう変わりはないでしょう。武信君が差配せねばならぬのは戦だけではありません。彼の御仁はより大きな視野でこの戦乱を見なければならない立場」

本当は王の役割だが、実質的な元首は項梁なのは疑いようがない。

「だからこそ一局の戦いにわざわざ出てくる必要性と危険性の軽重を今一度量って頂きたく。できれば武信君にお目にかかる時に進言したいのですが」

范増の厳しい目が一層厳しく俺を射貫く。

「その言説にわしらも荷担せよと言うか。僭越であり不遜であることはわかっておろうに。何を図っておる？」

項梁が章邯に殺されたら項羽が後を引き継ぐんだろうけど、そうなれば理知的な外交が期待できない。

そして纏め役のいなくなった楚は割れて、さっき逃げたおっさんが台頭してきて中国統一してしまうから。

……とは言えない。

「斉に友好的と言えずとも敵対心を持たぬ武信君には長く立場を保って頂きたい。……という由では弱いですかね」

范増は厳しさを消さず、眼の奥に鋭さを湛えて応える。

「ふむ……。まぁそれだけではないようだが武信君が要であり、要を失う危険を避けねばならんのは確かだ」

やはりやりにくい爺さんだ。色々裏を探っている。

「項羽殿は？」

范増が項羽に尋ねる。

こういう時、項羽の意見もちゃんと聞くのな。

確か史実では項羽は范増を父に次ぐ人物、『亜父』と呼んで慕っていたんだよな。

小言ばかりじゃなく立てるところは立てるし、怖いだけじゃない。

「……うむ。聞き届けられるとも思えぬが、叔父上に身辺を気を付けてもらうためにも一言申してもよいかと」

「ありがとうございます」

俺は二人に頭を下げ、礼を言う。そして、

「項羽殿が視野を拡げ、戦略を担えば武信君の負担も軽くなりましょう。これは楚の現在だけでなく、その先。未来の安寧のためにもご一考頂きたい」

先を見据えて、生き埋めとか皆殺しとかもうやめてほしい。

「私の視野が狭いというか」

「もう一段階昇ってほしいと。将としてだけでなく為政者としての視野を持って頂きたいと申しております」

「その意見には全面的に賛同せざるを得んな」

　俺の少しばかりの苦言と范増の援護に、項羽は渋い顔で舌を打った。

「大方のところは范増から耳にした」

　項梁の落ち着いた、しかしどこか冷めた声が場に響く。

　項羽、范増、劉邦……は途中で逃げたが、彼らとの会談の翌日、俺は項梁との謁見に臨んでいた。

　因みに劉邦はあの後、営舎の外で待っており、

「わりぃな、カカッ。あの爺さんはどうも苦手でな。蕭何よりおっかねぇんだ」

　そう顎を擦りながら苦笑し、俺を悪びれもせず迎えた。

　項梁の営舎には項梁を始め、項伯、項羽、范増、劉邦他、主だった将、そして昨日すれ違った楚の令尹宋義と楚の中心人物が集まっている。

「田中殿、貴方は高陵君と共に斉の外交を担っておったと聞く。また斉一の将、田横将軍の校尉

として戦場を駆け、東阿戦では田横将軍の御者もしたとか」

こうして端から聞かされるとまるで自分のこととは思えんな。

どこの文武両道の武将だよ。

「田氏でありながら、そして高位の官を捨ててまで我が国と斉を繫ごうと奔走していること、感に堪えぬ」

「恐れ入ります」

全然心動かされてない気がしますが。

「しかし」

下げた俺の頭に項梁の言葉が降り注ぐ。

「劉邦や龍且などから聞き及んでいる田中殿の誠実さを疑う訳ではないが、范増が言及したように斉には諸々(もろもろ)確認をとらねばならん。先ずは使者を出そう」

これに関しては范増にも言われていたし、想定内だ。むしろ使者を行き来させる理由となるなら願ったり叶ったりだ。

田栄が頭を抱えながらも上手(うま)いこと言ってくれると信じている。

『田中？　そんな男、煮るなり焼くなりお好きに』とは言わんだろう。

……言わないよな!?　今、着ている正装をくれたのは田栄だもんな!?

「それまで陣中ではあるが、ゆるりと過ごされよ。諸事困らぬよう護衛も兼ねて人を付けさせて頂く」

「重ね重ねありがたく」

今は斉に悪意を持つ者もいるだろうし、護衛はありがたい。

まぁ実際は俺への監視だろうが。

「知勇兼ね備えた弁士を迎えれば、打倒秦への道も早まろう」

……この人わざと言ってんのか。皮肉にしか聞こえん。

泣いて鼻水垂らしながら馬車を御してた奴のどこに勇があろうか。

むず痒(がゆ)い気持ちを奥歯で噛み締め、俺は拱手し再度頭を下げた。

そしてちらりと范増と目を合わせると、彼は頷き、僅かに顎をしゃくる。

俺は息を一つ吐いて気合いを入れ、項梁に向かって切り出す。

「早速でありますが、武信君に一つ上申致したいことがございます」

「……ほう、何かな」

「楚はすでに勇将、猛将が揃い、武信君が本陣まで出(い)でて指揮を取らずとも秦を打ち倒すことができましょう」

俺は昨日項羽と范増と話した内容を伝える。

項梁は俺の話を静かに聞き、そして長い黙考の後、応えた。

「章邯が私を狙ってくるのは理解しておる。先の戦闘ではそれを逆手に取り敗走させた。敵の狙いが明らかであれば対応しやすい。私が戦場にいる価値はある」

やはり項梁は退がる気はないようだ。

「確かに価値はありますが、それが等価とは思えません」

「私の命を高く見てくれるのはありがたいが、王より軍権を預かる身。指揮を取る者が安全な後方で眺めているというのは、楚のやり方ではない」

項梁は言葉を選んでいるが、はっきりと否定する。

楚人の矜持もあるのだろう。やはりいきなり現れた俺に言われても、はいわかりましたとはならんよな。

しかし、ここで范増が口を開いた。

「わしは元々御身で敵を釣り上げるような真似は反対であった。替えの利かぬ貴君の命と秦の一将とを秤(はかり)に掛けることは賛成できぬ」

項羽も范増に続く。

「あの時は最初に楚の強さを印象付けるためと献策しましたが、叔父上。一つの戦に一々命を賭けては身が持ちませぬぞ。それに叔父上が退けば叔父上を守る兵を攻めに回すこともできましょう」

「……」

二人の援護に乗じて俺ももう一押し。

「枝葉は縦横無尽に伸びますが幹は一つ、その場から動かず天に向かって伸びるもの」

項梁の目がスッと細められた。そしてその視線を周りに向ける。

知の范増と武の項羽が揃って賛同したことで、場は項梁の身を案ずる雰囲気に流れており異見を挙げる者はいない。劉邦もニヤニヤと笑い、

(上手くやりやがったな)

そう口を動かして伝えてきた。

そんな中、項梁は范増に何かを問うようにやや首を俺に向けて傾けた。

范増は少しだけ口の端を歪ませ、頷く。

それを見た項梁はいつもの冷静な表情を崩し、可笑しげに笑った。

言っちゃ悪いが笑顔が怖い。何か企んでいる風にしか見えん。

「どうやら縦横家を名乗るだけあって根回しも上手いようだ。葬儀の段取りなど任せれば見事にこなすだろう」

皮肉交じりにそう言うと、項梁はすぐにいつもの沈着さを纏わせた。

「現在、堅牢化した濮陽を落とすには準備が足りぬ。ここで章邯が城から出てくるのをいつまでも待っているのは時の浪費だ。濮陽へは最低限の兵を残し、項羽、劉邦は済水沿いを進み臨済を攻めよ。章邯を孤立させる」

「叔父上は」

「定陶に戻る。定陶ならば北は済水に守られ、城壁も高い。一先ずそこに腰を落ち着け、指示を出すとしよう。……これで不満ないかな、田中殿」

敵から遠くとはいえないが、声が届く範囲で、堅城で、臨済沿いの城を落とせば、定陶が攻められる危険は格段に減る。

項梁のできる限りの譲歩が見えた。

「ご賢察でございます」

これで万が一、定陶を奇襲されても項梁の危機感への意識付けもできたはず。

よっし！　とりあえずはこれで項梁と章邯が直接戦う可能性は低くなった。

「待たれよ」

一際大きく畏まった声が響く。

声の行方を追うと、柔和な細い目が垂れ下がった糸にしか見えないような宋義が両手を広げていた。

「武信君の身は王も常々案じておられる。なにせ楚復興の礎となった英雄であらせられる。しかしながら」

広げた手を縦横無尽に踊らせながら、宋義は語り始める。

「ここで攻勢を弛めるようなことは章邯に時を与え、力を再び蓄えましょう。楚人は熱しやすく冷めやすい。熱の冷めぬ内に激流の如く攻める時ではあるまいか」

柔和な表情は崩れぬままだが、その奥に僅かに光る目が熱を帯びている。

「項羽殿を始め諸将の指揮に異議がある訳ではないが、やはり武信君が居てこその……」

「令尹」

武信君が宋義を呼ぶ。

その一言は、宋義の演説の熱を全て地中に沈めるような冷たい声だった。

宋義は凍ったように動きを止め、僅かに顔が項梁に向けられた。

「軍務に関しては、王よりこの私に委ねられておる」

深く暗い目で宋義を見つめた項梁は、重々しく短く言い放った。

「……僭越でございましたな」

宋義は目を伏せたが、頭は下げずに胸の前で手を組んだ。

この宋義もなかなか肝が太いな。

あんな眼光と声で言われたら、俺なら速攻土下座するよね。

さすがは楚の令尹。ただの楚王の御機嫌取りって訳じゃなさそうだ。

宋義は組んだ手を開くと一つパチリと手を打った。

「さて、武信君の身の安全も確保したところで斉との話に戻りましょう」

宋義は福々しい笑みで、そう切り出した。

そしてゆっくりと諸将を見回した視線は武信君へと移った。

先程までの重い空気を忘れたかのように優雅に両手を広げ、慶事でも祝うような声色。

この切り替えの早さは、できる奴のそれだな。

こっちはもう忘れたんだからそちらも切り替えろよ、と暗に強制するようなやり方だ。

引きずればこちらの器が小さいと思われるし、無理に気分を改めると必要以上に提案に対して甘くなりかねん。

「使者のことかな、令尹」

しかしさすがの項梁は戸惑った様子もなく、先程までと同じ低く冷静な声で応える。

鉄面皮で心を読ませない項梁と、仰々しい仕草や声色で揺さぶる宋義。

端から見ているだけで胃がしくしく痛むわ……。

「然り。先程武信君が仰っていた田中殿の身分と、斉との交友を確かめるために使者を派遣せねばなりませぬ。その役目、私に任せて頂きたい」

おっと、これは意外だな。

宋義はどちらかと言えば裏で手を回して、人を使うタイプかと思ったが。

しかも令尹という立場なのに自ら動くのか。

「ほう、令尹自らとは」

項梁も予想外だったようで眉をやや上げて、その理由を問うように宋義を見る。

確かに楚の宰相が使者ということになれば斉も疎かな対応はできないだろうし、対外的にも斉と楚の繋がりの強さを強調できる。

問題は宋義が何を考えて手を挙げたかだ。

「王の御意志を精細に伝うることができるのはこの宋義を措いて居りませぬ」

ふむ……斉と項梁との関係ではなく斉と楚、つまり楚王との関係強化というところか。

それと田安達に対する楚王の見解か。

楚王の意向に沿う処遇を求めるというか、探るためかな。

確かに交渉力の高そうな宋義なら、上手く事を収められそうだが……それだけのために臨淄まで行くかな。

よく性格は知らないが、気位が高そうだし余程のことではないと自ら出向くってことはない気がするが。

それだけ斉との関係、田安達の処遇を重要視しているということか？　若しくは、これを切り口に項梁との派閥争いで何か優位を見出したのか。

いずれにせよ腹に何か抱えている感じに見える。

「わかった、令尹にお任せしよう。斉へは再度、早急な派兵を要請してもらいたい」

項梁からしてみれば章邯との戦いに専念したいというのが本音だろう。

秦を追い詰めるということに勝る実績、名声はない。

揉めている外交を代わりに収めて点数稼ぎをしたいならば、勝手にやってくれってところか。

俺としては、一国の宰相が訪れるという利益の大きさからしても反対する理由も、権限もない。

項梁の返答に俺が口を挟める筈もなく、斉への使者は宋義ということに決定した。

宋義は再び拱手で応え、笑顔を俺に向ける。

「では早速、斉とのことを田中殿と子細打ち合わせをいたしたく存ずる。田中殿、我が幕舎へ案内しよう」

そう促され、宋義は議論の場から退出していく。

え？　今から？　会議の続きは？　俺、行っちゃってもいいの？

俺は付いていっていいものか戸惑い、視線をうろうろさせるが目の合った范増が渋い顔で顎をしゃくった。

あ、いいのね。はよ行けって？

あぁ、俺が居ちゃできない議論もあるものね、失礼しますね。


幕舎へ案内された俺は、宋義と向き合う。

「田中殿には気兼ねなく話してもらいたい。厳つい輩が睨んでいては口が渇いて舌も回らぬだろう」

俺にそう微笑むと、宋義は護衛に幕外へ出るよう指示する。

しかし護衛は難色を示した。

まぁ護衛からしてみたら、そりゃ警戒するわな。

身元も確定していない縦横家気取りの怪しげな男と国の宰相を二人きりにするなんて。

幾人かには顔は知られているが、今はただの無位無官。

何をしでかすかわかったものじゃない。

「そう心配するものでもない。多くの令尹を輩出した宋家は文だけで国を支えていた訳ではない。私の剣技も捨てたものではない」

宋義はそう言って腰に帯びた剣を軽く叩く。

優雅な見た目に反して武芸にも自信があるようだ。

俺は剣も預けているし、無手の無職如きに遅れをとる訳ないだろうってことだ。

合ってる。正解。

護衛は改めて俺を下から上に、上から下に探る視線を往復させると、小さく溜め息を吐いて幕舎を出ていった。

ちょっと！　なんか傷つくんですけど！

「さぁ田中殿、慣れぬ地に一人で心労も深かろう。どうかこの場だけでもゆるりと過ごされよ」

「は、はぁ、ありがとうございます」

なんか項羽の所ですれ違った時と態度が違うな。

自分が斉に行くことになったから、少しでも情報を引き出そうって腹かな。

「まぁ、ゆるりと申しても得意の舌は回してもらわねばなりませぬな、はっはっは」

「ははは……そうですね」

俺は笑いどころの解(わか)らん冗談に頬を引きつらせながら、問われた斉国のこと、斉王や田栄、田横など主だった人物の紹介をしていく。

知りたかったのはこんなことか？

宋義からしてみれば知っていることの確認くらいなものだろう。


「なるほど、うむうむ。やはり耳にしただけの情報より実際に間近に居られた方の話は違いますな。そして貴方が如何(いか)に斉の中枢から信頼されていたかもよく知れた。このお話、楚と斉の親交に大いに役立ちましょう」

大して目新しくもない斉の現状を聞く宋義は何度も頷き、俺に笑みを向ける。

「ありがとうございます。そうであれば私がここへ伺った意味もございます」

俺は訝(いぶか)しみながらも表には出さず礼を言う。

なんか表面的には和やかだし、ちょっと田安達のこと突っ込んで聞いてみようかな。

俺が話題を匿っている斉の旧王族の話に移そうとした時、

「ところで」

それよりも早く、宋義が穏やかな笑顔で新たな話に持っていく。

「一先ずは武信君の下で客として席を置かれておくとして、いずれは貴方に似合った官職に推挙するつもりです」

え？　俺、楚に就職すんの？

「いえ、そんな……。官職などを頂こうとは考えておりません。軍に同行させて頂き……」

「古来、縦横家は訪れた国で重要な地位に就いてその役を果たし、また国と国は要職に就く者を交換しあって、強固な関係を築いておりました。ある程度役職がなければ国家を動かす説得力がない」

宋義は俺の断りを遮るように、秦が百里奚（ひゃくりけい）、商鞅（しょうおう）、そして縦横家の張儀（ちょうぎ）など積極的に他国出身の者を宰相にまで就かせ、この中華統一を果たしたことを語る。

「共に秦にあたる国同士。それに倣い、内外に密な関係を見せるためにも人材の交換というのは善い案だとは思いませぬか」

それはそうだろうけど……。

なんというか、今さら斉以外の国の禄（ろく）を食（は）むってのは抵抗があるなぁ。

「そこで……」

言葉を切った宋義の目が一層にこやかに垂れる。

「斉へは我が長子の宋襄を送ろうと考えているのだが、斉王は受け入れると思いますかな」

その言葉に背中に冷たいものを感じると共に腑に落ちた。

そうか、これか。このための使者か。

自身の血縁を他国へ送れば一族の対外的な地位の向上、それに項梁に対して外からも牽制できる。

田栄が受け入れるかどうかだが、田安達の処遇に働きかけるとか、宋義のこの話術で交渉すればば……なくはない。

宋襄の能力次第だが、楚との連携が密になることは歓迎すべきことだ。

……妙手かもしれん。

この男やっぱ、ちょっと、いやかなり切れる。

この時代は使えるものは子でも使う、というよりも家族、一族単位で物事を考えるという時代だ。現代日本の個人主義が染み付いている俺には、全然思い付かなかった。

「どうかな、田中殿。斉の宰相に一筆書いては下さらぬか」

宋義は応答のない俺に、再び問いかける。

「……斉が楚と深く結びたいのは事実。しかし、それには幾つかの協議せねばならぬことがあります。宰相田栄が、それに目を瞑って宋襄殿を斉に迎えるのは難しいかもしれません」

考え込んでいた俺は慌てて応える。

「田栄殿が清廉な人物だとは先程の話でよくわかっている。その協議のためにも我が子を受け入れて下されば綿密なやり取りができよう」

そうだよな。

宋義の、延いては楚王の代弁者として斉に留まれば、互いの意見の擦り合わせも細かくできるだろう。

しかし宰相の長子と俺じゃ釣り合わんだろう。

「我が宰相がどう応えるか、心の内までは見透せません。ましてや私はすでに斉を出た身。要人交換という点では成立致しませぬ」

「ははっ、国を出た者が『我が宰相』とは言わんだろう。心は斉に置いてきているのは明白。そしてそれを黙って送り出した斉の中枢も貴方を信頼してのことであろう。十分に交換条件として成立すると私は見ておる」

『心は斉にある』

そう図星をさされて俺の引いていた血が上り、カッと顔が紅く染まるのを自覚した。

俺の、田氏への想いまで予測した上で、か……。

なんとなく気分が良くないが、宋義の提案は斉にとっても一考の余地がある。

項梁が死なないとなると、彼の天下ということも十分あり得る。

自分が交渉材料になるのが不本意だが、将来の一党独裁に対抗し得る存在を作っておくのも悪くはない。

しかし現時点では宋嚢の資質は不明だ。斉の内部をかき回す可能性もある。

受け入れようと受け入れまいと憂慮する点は残る。

ならば宰相の長子を手元に置いておく方が後々有利になるかもしれん。

……最終的な判断は田栄がするとしても、まぁ消極的に賛成といったところか。

とりあえず楚が一枚岩ではないことと、宋義が使者となる意図なんかは田栄に伝えておいた方がいいな。

俺が楚で出世したいと思われるかな?

……ないな。それはきっと大丈夫。

「文は書きますが、現状を伝えるくらいにしておきましょう。己の栄達に目が眩(くら)んだと思われたくはないですから」

俺は宋義に苦笑いで応えると、宋義は笑みを深める。

「国のために働く者が相応の報いを受けることは悪ではなく、自然の理ですぞ」

俺の遠回しの嫌味にも宋義の表情は変わらない。穏やかな笑みを湛えたままだ。

この男の中では国の興隆と自身の栄華は表裏一体なのだろう。

随分な自信家だ。

軍事についても覚えがあるようだったし、それに見合うだけの能力はあるのかもな。

俺にとって、この時代の栄達は意味があるのかな。

斉では分不相応によくしてもらった。

離れがたくなるほど。なんとか恩を返したくなるほど。

一人でこんなところを訪れるほどに。

俺は心の中で苦笑する。

昔より現代に帰りたい、帰らなければ、という気持ちが小さくなっていることを改めて自覚する。

だがそれと同時に、

『帰るべきだ。お前はこの時代で独りきりの、異物なんだ』

という自分の声が頭の中で響き、言い様のない焦燥感と不安感に苛まれる。

……いかんな。

今は、こんなこと考えている時じゃない。

俺は潰れそうな胸を掻きむしりたくなるのを抑え、宋義を見る。

一つ一つすべきことをしていくだけだ。

それしかないんだ。

俺の硬い顔に何か誤解したのか宋義は一つ咳払いをした後、先程までの悠然とした声とは違う俺だけに届くような低く重い声を発した。

「ここだけの話、武信君は驕っている」

「え？」

急な話の転換に思わず問い返す。

「以前は私に対し、あのような冷たい物言いはなかった」

宋義は嘆くように首を振り、

「確かに呉より出でてから怒濤の勢いで突き進み、我が王を奉戴し、あの常勝章邯をも退け、中原にその名を轟かせた」

また大袈裟な仕草と表情で演説が始まった。

「それをいいことに武信君は盱眙に王を押し込め、軍を我が物のように扱っておる。そう、まるで自身が王となった如く……」

ここに自国の者がいないためか宋義は憚らず項梁を非難する。

しかしそれをなぜ俺に聞かせるか、だが。

「侯として独自の軍を持つことは当然のこと、それに王より軍を任されておられるのでしょう？盱眙に王を置かれているのもこの争乱から王を護るためでしょうし」

とりあえず無難な反論をぶつけてみる。

楚王に帰属したので名目上は王の軍ではあるが、それでも元々項梁が集めた軍だろう。

確かに言葉少なで冷たくおっかない印象は受けるが、人の言葉に耳を貸さない訳じゃないし、わりといい上司って感じだがなぁ。

「そういうことではないのだ、田中殿。形式上の問題ではなく、王や私を迎えた時との心の変わり様が私にはわかる。私や王を疎ましく思い始めていることが」

そりゃあんたが、戦いに専念したいのに面倒な権力の綱引きを持ちかけてくるからだろう。

「戦勝の急流に乗ったのを自身の泳ぐ速さと思い違った魚はそれに気付いて逆らおうともがいてもすでに遅い」

宋義は全てを口にせず、目を伏せる。そして、

「今はその速さが心地よく、それを諫める私を煩わしく思っていようが遠からず……」

ゆっくりと俺に視線を向ける。

「田中殿。貴方は斉と、楚を結びに来たはず……。楚とは誰か？」

今まで通りの柔和な笑顔と、今までにない低く抑えた声で俺に告げた。

「どうか結ぶ相手を見誤らぬよう……」

「つ、疲れた……」

宋義との会談を終え幕舎を出た俺は暫く歩いた後、その場にしゃがみこんだ。

先ずは良い方向に進めたと思うが、色んな大物を相手にして神経を磨り減らされた。

特に宋義。

あの男の頭の切れと話術に翻弄された。しかもそこに野心が見え隠れして不信感が拭えん。

項梁ではなく楚王と、いや宋義自身が俺を通して斉を取り込もうとしているのがありありとわかる。

「どうすっかなぁ……」

宋義の予言は不吉ではあるが、とりあえずは項梁を死の危険から遠ざけたと考えていいと思う。

となると、このまま項梁が権勢を揮うことになる。

宋義と手を結ぶのは敵対とは言わんが、距離を保っていた方がいいか。

そうなると楚王との関係がどうなるかだよな。

田栄の性格的に楚と関係を深めるならば、名目上の最高権力者である楚王と、ということになる気がする。

宋義は項梁が楚王を煩わしく思っていると言っていたが、本当のところどうなのか。宋義は煙たがっているが。

宋義を通してしか楚王の意向が示されていない現状、奴を無視する訳にもいかんしなぁ。

「……すな」

答えの出ない問題を整理するため、地面の砂に関係図を描きながら唸(うな)っていると、不意に周囲が翳(かげ)った。

誰かの影のようだ。

「……殿ですな」

影の先に視線を向けると、背の高い男が立ち、俺を見下ろしていた。

田横や項羽ほどではないがしっかりとした体軀(たいく)。筋の通った鼻と薄い口。形の良い細い眉が色白の顔に乗せられている。

しかしそんな印象を吹き飛ばすような……。

「田中殿ですな」

再度の呼び掛けに我に返った。

「は、はい。私がたな……田中ですが……貴方は……？」

未(いま)だに咄嗟(とっさ)に呼ばれるとデンチュウという名に慣れん。

「武信君より護衛を仰せつかりました」

男は抑揚のない声で応えた。

この人物が俺の護衛か。

項羽のわかりやすい暴力的な怖さや、黥布（げいふ）や彭越のような法の外で生きている怖さはなく、さっきの宋義のような絡み付くような怖さもない。

背筋の通ったその立ち姿。腰元に見える、使い込まれているであろう手垢（てあか）でやや黒く染まった剣の柄（つか）。理知的で静かな顔立ち。

普通なら頼もしく思えるが。


それを無に帰すような、その目。

まるで剣で切り裂いたような切れ長の目の中心に、一切の光を通さないかのような漆黒の瞳。

俺を見ているのか、それとも遠くを見ているのか。

何の感情も読み取れない、そんな目。

なんか怖いな、この人……。

いや、まぁこういう人に限っていい人だったりとかね。

うん人を見かけで判断するのは良くないね。

「あ、この度はご面倒お掛けします。えーと、お名前は……」

男は俺の問いかけに、やはり何の感情も乗っていない声で応える。

「一介の護衛の名など覚える必要はありますまい。只（ただ）の衛士（えじ）とお呼び下さればよいでしょう」

……。

…………。

感情がないように見えて実は怒ってんの？　その無表情は不貞腐（ふてくさ）れてんの？　つまらん仕事を任されたとか思ってんの？

「田中殿の宿所へご案内いたす」

俺を見下ろしていた衛士は俺の返事も待たず踵（きびす）を返し、振り返りもせず陣中を進んで行く。

「あっ、ちょっ」

俺は慌てて立ち上がり、その黙々と歩く後ろ姿を追う。

一応さぁ、これからさぁ、結構な時間一緒にいる訳じゃん？

仲良くしようとまではいかなくてもさぁ、ちょっとはさぁ、お互いやりやすくするためにさぁ、コミュニケーションをさぁ。

ちょ待てよ。

待てって。

宋義が斉へ向かった暫くの後。

俺は今、濮陽から定陶へ移動する準備をしている。

準備といっても大した荷物持ってきてないし、特にすることないんだけどね。

濮陽攻略は、章邯率いる秦軍の激しい抵抗に戦況は停滞していた。

章邯の籠もる城の守りは固く、城壁に取り付こうにもその前に築かれた塁に阻まれた。

塁の一部を破壊しても、夜を徹して修復作業が行われているのだろう、一昼夜で元通り。朝には泥と石で固められている。

ここでまた破れることになれば形勢は一気に楚へ傾く。そうなればたとえ章邯でもその勢いを止めることはできなくなる。

それが兵達にも判(わか)っているのだろう。秦軍も必死だ。


そんな中、俺の陳情を受け入れてくれた項梁は定陶へ戻ることとなったが予定が少し変わった。

「主力軍も濮陽を引き上げるそうです」

この膠着状態で悪戯に時間を浪費することを嫌った項梁は、章邯が息を吹き返さないうちに項羽や劉邦達に済水沿いを西進せよとの指示を出した。

持久戦に焦(じ)れていた項羽などは喜んで準備を整えると、直ちにここ濮陽を離れた。

「臨済の辺りまで落とせば濮陽への援助も難しくなり、章邯も退かざるを得んという計図でしょう。さらにこの西進で、定陶へ行く武信君の安全もより高くなる」

ほうほう。

「済水沿いを落とせば、章邯の退くべき場所も限られます。奴らが邯鄲の友軍と合流するとなれば、趙との挟撃が謀れましょう」

はぁ、なるほどなぁ。

やることのない俺は、無口で無愛想な死んだ目をした護衛の男と濮陽撤退について語っている。語ると言っても衛士さんが解説して俺が相槌を打っているだけだが。

てか戦略とか戦術とかの話題になったら饒舌なのね。

目にも若干、活力が見える。若干だけど。

この分野ならコミュニケーションがとれるのね。

それ以外の時は本当に『はい』と『いいえ』しか言わないんだもん。スマホのアシスタントの方がまだ感情的だな。

「前回の章邯への勝利から武信君の戦略が変わってきました」

表情は変わらないが、やはり好きな分野のことは語りたいのか衛士は語り続ける。

「そうなのですか?」

このままご教授願おうと、俺は問い掛ける。

時間をもて余しているし、この衛士の話はなかなか勉強になる。

「慎重さを脱ぎ捨て、積極的に勢力を拡げようとする意図が感じられますな。それを自信と捉えるか、驕りと捉えるか」

……宋義と同じようなことを。

やはり項梁が変わったというのは、わかる者にはわかるのか。

「目の前に章邯のいる状態で軍を分けて項羽将軍達を西進させるというのも、今までは考えられぬ戦略」

訳知り顔……でもないけど、淀みなく語る衛士の語り様にだんだん心配になってきた。

「軍を分けてしまっては、定陶でも守りきれないと思いますか？」

衛士は少し眼差しを落とし考えたが、すぐに顔を上げて答えを出した。

「軍を分けて良いのは兵数が大きく勝っている時です。我が軍と章邯軍との兵力差はそこまで開いてはいない。しかし武信君は定陶の城に移り、固く門を閉ざせば問題ないと踏んだのでしょう。定陶は要所の城の一つ。城壁も高く、北は済水で守られています。落ちることはありますまい」

ほ、なんだよ大丈夫なのか。安心した。しかし、

「戦に絶対はありませんが」

……だよな。

俺は衛士の付け加えた言葉に、重々しく頷いた。

しかし衛士さん、君凄いね。

項梁の思惑を完全に理解しているんだな。

語る言葉にも、なんか説得力があるし。

「将となれば歴史に残る功績を挙げられると自負しております」

抑揚のない声で嘯く衛士。

冷めた声色のわりに自信満々だな、軍を率いた経験はあるの？

「誰にも最初というものはございます。私には未だそれが訪れていないだけのこと」

逆上することもなく淡々と応えるが、衛士は小さく溜め息を吐いた。

「なかなか上には認められませんが」

どうやら現状の護衛という身分には不満があるようだな。

俺が水を向けると、衛士の口からポツポツと愚痴が溢れる。

利にもならぬ争いを避けるための行動を臆病者だと揶揄されている。

そのせいかは知らぬが、何度も献策をしても取り上げられることがない。

表情が乏しいためか、粛々と仕事をこなしていても不満気だと捉えられる。

「……このままでは軍を率いることができそうもない」

そう言って改めて自身の置かれた立場を振り返った衛士は、無表情の顔に微かに諦観の色を見せた。

「働くことにおいて、それはかなり難しいところですからねぇ。私も以前は苦労しました」

上役との相性の問題ってのは現代日本でも古代中国でも変わらないな。合う合わないってのはあるからなぁ。

「田中殿もですか。斉も窮屈なのですな」

「あ、いえもっと以前の故郷の話です」

俺も現代日本では入社してから何年かは、親身になりすぎるなとか余計なことはするなとか、よく言われてなかなか業績が上がらなかったな。

元ラグビー部の部長が転属してきて、お前のやり方でやってみろって言われて漸く業績が残せるようになった。

それまでは転職のことばっかり考えてたもんなぁ。

斉では逆に期待が大き過ぎてちょっと困ってるってのはあるが、直属の上司は気の利くいい男だし、その上役も少し頑固だが誠実で優しい人物だ。

おお、そうか。

「衛士さん、思い切って仕える主(あるじ)を変えるのも一つの手だと思いますよ」

斉とかどうよ。いい上司に恵まれますよ。

まぁちょっと強引な奴だけど。

いやかなり。

俺の勧誘の言葉に、衛士の深い黒色の瞳が大きく見開かれた。

「主を変える、ですか」

考えたこともなかったのか、衛士の眼に驚きと何かしらの火が灯ったような意思を感じた。

おっ、脈ありかな。

まぁ、ちょっと一族経営みたいなところがあるけどさ。正しく評価してくれると思うよ。君の頑張り次第でどんどんキャリアアップが目指せ……って、聞いてる？

衛士は目を伏せ、顎に手を当てて思考の海に沈み、俺の声も届いていないようだ。

おーい。

「ああ、斉ですか。今のところ将来性に乏しいですな。この楚よりも飛躍するならば考えますが。貴方も先を見越して此方へ移ったのでは？」

違うわ。

全然脈ねぇじゃん。

しかも勝ち馬に乗りたい現実主義というか功利主義というか、そういうタイプか。

意外だな。自身に自信があるみたいだから、自力で国を押し上げてやるってタイプかと思ったが。

うーん……やっぱよくわからん男だな。

その後も衛士はずっと何かを考えているのか黙り込み、俺は所在なく定陶への出発を待つしかなくなった。

斉へ行く可能性を考えてくれてたら嬉（うれ）しいんだが、そういう訳でもなさそうだ。

やっぱ変わった男だな。

第17章 丞相

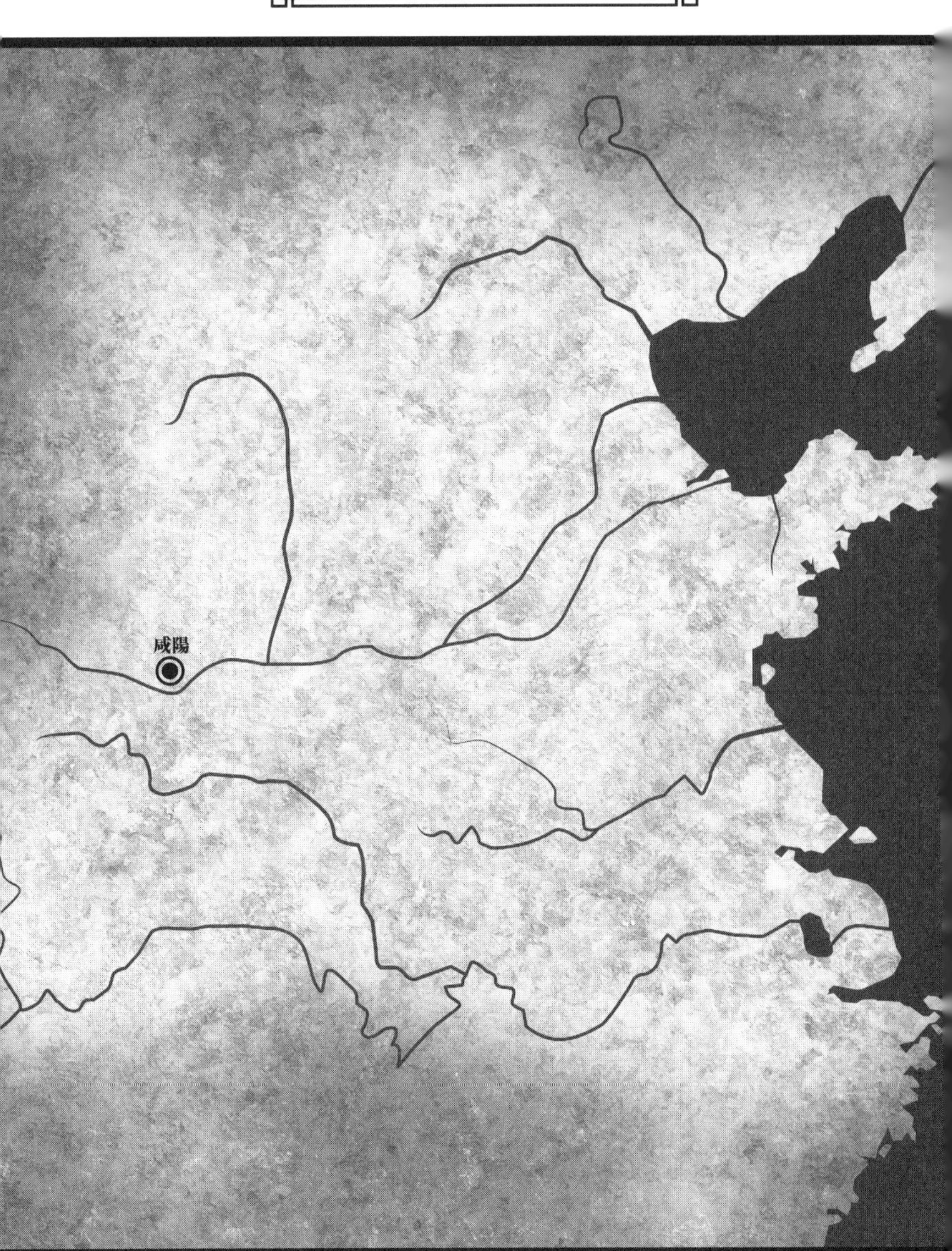

――嵌められた。

暗い屋敷の自室、李斯は頭を掻きむしり、その場に両膝を突いた。

ここ数年で特に細く白くなった髪は乱れ、幾本かの毛髪が床に抜け落ちる。

李斯の認めた二世皇帝への上書は、趙高によって最悪の都合を狙われた上で献上され、その諫言は意図が伝わらぬどころか誣告と曲げられた。

長子李由の背信の噂も、元を辿れば宮中奥深くから湧き出たものであった。

趙高に上書を嘆願された時。

――心の奥底で、未だたかが宦官と侮っていたのかもしれん。あの場は留保し、少しでも調べれば踊らされることはなかったか……いや、どの道今の私ではあの毒蛇に喰われるのが宿命か。

初代皇帝崩御以降、権力闘争に明け暮れる精力は萎れ、老いと恐怖と焦りが切れ味の鋭かった頭と舌に靄をかけた。

濁った頭に唯一描くのは、初代を支えた丞相にして法家の権威という盛名と共に安らかな死を迎えるという望み。

その望みのため趙高の専横に目を瞑り、老いた李斯は保身に走った。

しかし。

――このまま逆臣の汚名を着せられ誅殺されれば、我が名は。

意を決して立ち上がった李斯は、老いさらばえ肋の浮いた自身の胸を強く叩く。

次いで、脳内にかかる霧を払うように乱れた白髪の乗る頭を数回小突いた。

――この枯れた脳漿を絞り、知の一滴をもって主上の誤解を解かねばならん。

そして頭髪を整え、家僕を呼び、筆を運ばせると渾身の想いを込めて、筆を走らせた。


李斯は無私の人ではない。清廉潔白でもない。

どちらかといえば狡猾な人間である。

始皇帝の下、競う相手を蹴落として左丞相の位まで登った。

主上に讒言を吹き込み、法家の同門を自殺へ追い込んだこともある。

しかし為政者として野心と国益の天秤を上手く均しながら、自己顕示欲や権力欲を満たしてきた人間である。

李斯を押し上げた最たる武器。

それが始皇帝すらも唸らせた鋭く理路整然とした弁であり、並ぶ者なしと言われた文であった。

だが今ここに至って李斯渾身の理と知を載せた上書は、見識の浅い二世皇帝の心を震わせることはできなかった。

二世皇帝の情動は趙高への甘えと根底にある恐れによって支配されている。

「お読みになれば怒りで心が乱れましょう。お耳に入れるのも憚られまする、諫言とは名ばかりの誣言でございます。天子はみだりに心動かさぬもの」

正義や道理に訴えかけようにもそれは趙高によって歪められ、二世皇帝は幾度も諫言を重ねる李斯を疎ましく思い、李斯への疑念を募らせるだけとなった。

それでも最後の力を振り絞る李斯は諦めなかった。

――主上の目の前で直接、趙高を弾劾するしかあるまい。

僅かでも趙高を疑い、そして一言、

「調べよ」

と、二世皇帝の口から発せられれば、李斯の勝利である。

不正、非道、欺瞞が服を着ているような趙高を叩けば、罪の埃が山と出てくるであろう。


久方ぶりに宮殿へ向かい、現在二世皇帝が離宮にいることを聞いた李斯は、年甲斐もなく小走りに足を運ばせた。

老いた膝に響く痛みを無視して辿り着いた離宮で李斯を迎えたのは、冷めた目で行く手を阻む門兵達であった。

それでも李斯は怯まず、遮られた戈の隙間から宮内へ響き渡るほどの大声で呼びかける。

「主上に拝謁願いたい」

決意を固め趙高への反撃に出た李斯であったがそれは余りに遅く、そして彼の天運は尽きていた。

李斯の哀願ともいえる拝謁を望む声は、確かに届けられた。

趙高の息のかかった宦官によって。

内庭で芝居や商家の真似（まね）遊びに耽（ふけ）る最中（さなか）の二世皇帝へ。

「またしても……」

二世皇帝は、まさに遊びを邪魔された子供のように地団駄を踏み、

「謁見はならん！　追い返せ！」

そう怒気を隠さず言い放ち、李斯が門をくぐる事を赦（ゆる）さなかった。

二世皇帝に謁見が叶（かな）わぬと伝えられた李斯は一瞬、失意の表情を浮かべたものの眉間の皺（しわ）をさらに深く刻み、歯を食いしばった。

「拝謁叶うまで、待たせて頂く」

——諦める訳にはいかん。主上に、いやこの国に絡みついてじわじわと締め上げているあの毒蛇を断ち切らねば主上が、秦が、死ぬ。

不退転の李斯は門前に座りこんだ。

「帰らぬというのか」

その様子を聞いた二世皇帝は最も信頼する者を呼ぶ。

「趙高！　趙高よ！」

頼もしくもあり、恐ろしくもある父代わりのこの者に任せれば、自身を煩わす問題は大方目の前から消える。

それは問題が解消するのではなく、ただ趙高の肥肉を纏った醜い手の平で二世皇帝の眼前を塞ぎ、視えなくしているだけのことであるが。

音もなく小走りに現れた趙高は深く頭を垂れた。

「主上が彼の言を取り上げず私をお守り下さっていることにしびれを切らし、いよいよもって直接私を糾弾するつもりでありましょう」

「うむ。上書の内容の大半はお主への批判、誹謗らしいな」

そこで二世皇帝は言葉を切り、首を傾げた。

「趙高よ。李丞相はなぜそこまでお主を目の敵にするのだ。いやっ、もちろん丞相の言い分を信じている訳ではないが……。しかし丞相のお主への厭忌は親の仇の如くだ。そこまでの恨みを買った由、お主自身は解っておるのか」

趙高は頭をゆっくりと上げると、二世皇帝に向けて親愛の笑みを浮かべる。

「我が全身全霊の忠に、主上が聡慧な信によってお応え下さることに嫉妬してのことでしょう。そしてその嫉妬と野心が抑えきれなくなり、押しかけて参った様子」

耳心地よい言葉が、また二世皇帝の視野を奪っていく。

その脳裏に映るのは、門前で座り込む嫉妬に狂った醜い老人。

「剝き出しの嫉妬か……。丞相も老いに乱れたか」

憐れむように呟いた二世皇帝に、趙高は畳み掛けた。

「宮中に疑心を蔓延らせて主上と臣を貶め、地を乱し天を代えようとする反逆者を今こそ捕える時かと」

暫し、空を見上げた二世皇帝は、趙高へ頷いた。

「うむ……朕の忍耐にも限りがある。趙高よ。李斯の処遇は任せた」

期待通りの言葉を引き出した趙高は再び深く頭を垂らし、地に向かって先程の笑みとは程遠い、残酷な笑みを浮かべた。


門前に座る李斯が期待し、頭の中で思い描くのは、

「あの丞相が地に跪いてまで進言したいこととは何か」

という二世皇帝の慈悲の声であったが、実際に聞こえてきたのは慌ただしい鎧の擦れる音と多くの衛兵達の足音であった。

屈強な衛兵の圧に、李斯は思わず立ち上がりそうになったが、腹に力を込め、じろりと見上げた。

それは睨みつけられた者がたじろぐほどで、敵対者を悉く追い落としてきた往年の李斯の眼力であった。

しかし後退る衛兵の中、李斯の強い視線を受けながら一歩も動かぬ小柄な人物が立っている。

「趙高！」

弾かれたように立ち上がった李斯に対して、粘つく笑みを浮かべた趙高はゆっくりと言い放った。

「李丞相、勅命により拘禁いたす」

「なっ⁉」

趙高はその場で一度、強く木製の底を貼った舄を踏み鳴らした。

石畳を叩いたその高い音は李斯の眼光による呪縛を解き放ち、我に返った衛兵達が動き出す。

往年の鋭さを見せた李斯ではあるが、元々荒事には向かぬ上、すでに老齢である。抵抗もままならず両腕を押さえられ、膝を折られる。

「うぐっ。待て！　判らぬのか！　主上を、秦国を喰らおうと蜷局を巻く毒蛇が眼前に居るのだぞ。それを糺すことができるのは今、私を措いて他に……」

李斯は摑まれた腕を解こうと身じろぎ、左右の衛兵を見上げ訴えかける。

しかし正面を向いたままの衛兵達の表情は知れない。

「毒蛇は今、首根を摑まれ地に伏した」

衛兵の表情を盗み見ようとする李斯の頭上から、趙高の嗄れた耳障りな声が降り注いだ。

次いで言葉通り、李斯は首を摑まれ石畳へ押さえつけられる。

「ぐっ……！」

地を舐めさせられた李斯から一瞬見えた衛兵の顔は、目の前の宦官と同じく嫌らしい、醜く歪んだ笑みであった。

「衛士までも……！　趙高、お主は」

——見誤った！

李斯は趙高が宦官を遣って小賢しく主上の御言を捏造し、宮中を操っていると考えていた。

しかしこの毒蛇は、衛兵すら意のままに動かすことができるほど宮中の奥深く喰らいついていた。

たかが宦官という偏見を捨て一段高く見たつもりであったが、趙高はさらに上の悪であった。

仰ぎ見た趙高の口が裂けたように開き、李斯にとって絶望の言葉が紡がれた。

「獄にて賊との繫がりがあることを吐かせよ」

李斯を押さえている左右の兵が両脇を抱えて、乱暴に立たせる。

身体は人形のようになすがままに振り回され、自身の意思とは無関係に歩かされる。

それでも諦めきれぬ李斯の口は願いを吐き出す。

「ま、待て！　趙高、趙高殿！　一度で、いや一目でよい！　主上にお目にかかりたい！　一言だけでも……！」

口の端に白い唾を泡立たせながら叫ぶ李斯。

その哀願に趙高は笑みを収めて、この場にいる全員が凍りつくような宦官とは思えぬ低い声で応えた。

「逆賊の姿を主上の御目に映せる訳なかろう」

全ての動きの止まった中、趙高が顎を少し上げると衛兵はまた動き出し、李斯を連行していく。

「頼む……頼む！　誤解だ！　お主ら判っておるのか!?　今ならまだ……！」

嘆願、脅迫、懐柔。

自身の交渉術の全てを以て語りかける李斯の声は、聞く耳を持たぬ衛兵の足音と共に小さくなり、やがてその声も止み、消えていった。

李斯を投獄した後、趙高の動きは迅速であった。

咸陽にいる李斯の家族とその一門、そして客にいたるまでを捕らえて獄へ投げ込んだ。

さらに三公の残り、馮去疾と馮劫へその魔手を伸ばした。

この二人もそれぞれ二世皇帝へ諫言を呈したことがあり、趙高はそれを理由に反逆者李斯と繋がっていると二世皇帝を唆した。

「群盗の台頭を許したのは人臣最高位の三公の責が重いはず。然るに二人は主上を責めるばかり。これは怠慢であり、或いは李斯との密約もあったのではと推知いたします。主上の足を引っ張っていた首魁の李斯を排した今、残りの二人になにができましょうか」

小言のような二人の諫言を思い出し、二世皇帝は顔を顰める。

その記憶は二世皇帝にとって、趙高の魅惑的な言葉に従い口煩い者を一掃しようと考えるに十分な理由となった。

「そうよな。彼らは賊を鎮めることもできぬにも拘わらず、朕へは先帝の遺業を継ぐことを止めよという。それは朕ばかりか先帝へも不忠である」

その一言で馮去疾と馮劫へ衛兵が向けられたのである。

二人は李斯が獄へ繋がれたこと、そしてその獄でなにが行われているかも予期し、

「将相は辱められん」

と兵が自家へ踏み込む前に自害した。

李斯は獄中で笞を打たれ、賊と内通しているという偽の自白を強いられていた。

身体に笞の跡がない箇所はなく腫れ上がった肌は裂け、赤く血が垂れている。

老骨の身で耐えられるものではない。

それを耐え、口を噤む李斯には一筋の希望があった。

――長子の李由が戦っている。

章邯軍が東阿で敗戦を喫したようだが、三川郡の郡守の李由がこれを援け、共に賊軍を打ち破れば、身の潔白を証明する大きな材料となる。

――昇鯉の如く名を上げた章邯に恩を売り、彼が我ら李家の擁護に回れば、主上も耳を傾けるだろう。

獄吏の執拗な責苦に弱々しい悲鳴をあげながらも、李斯の口からはそれ以外の音は洩れない。

しかしながら、限界は近い。

――李由よ、早く……。これ以上は耐え切れぬ……。


「さすがは数多の政争を勝ち抜き、先帝の信を授かった男だな。よく耐える」

ざらつく甲高い声に李斯は虚ろな目を向けた。

「ちょ……趙高」

李斯はもう鼻が麻痺して解らぬが、血と糞尿の匂いのこもる獄中。

口元を隠した趙高の姿があった。

「李斯よ、判っておるぞ。お主が耐え忍び、待っているものが」

趙高は、隠した袖からはみ出た口端を上げ、嫌らしい笑みを作る。

「李由は賊軍に敗け、死んだぞ」

李斯は理解を拒んだが、脳内で幾度もその言葉が反響し、気を失った。


「起きろ」

冷たい水を掛けられ、意識が戻る。

「お主の長子、李由は楚を名乗る賊軍の西進を止められず、蹂躙され死んだ」

趙高は李斯の濡れた髪を乱暴に摑み、顔を無理矢理上げると、もう一度丁寧に説明した。

「あぁ……」

再び意識を手放しそうになる李斯の耳許で趙高が囁く。

「万策尽きたであろう。賊との交を認めれば楽に死なせてやる。お主の一族についても悪いようせぬ」

趙高は項垂れ反応のない李斯の様子に、つまらなそうに頭を放し、獄を後にした。


李由という光明を失い、李斯は最後の願いと獄吏に頼む。

「書を……最後に……上書をさせてくれ……」

もう一度だけ、二世皇帝の理性と良心へ訴えかけたかった。

罪人とはいえ元丞相である。最後の願いとなれば獄吏も無下にはできぬ。

今さら書の一つで覆ることもあるまいと、筆を渡した。

能筆家であった李斯の最後の書は震え、揺れ、乱れ、辛うじて読めるというようなものであった。

しかしその内容は先代を佐（たす）けて領土を広げ、文字や度量衡を統一し、宗廟（そうびょう）を整え、いかに秦という国を愛し、貢献してきたかということ。

そして今、その功労者が虚実の自白を強要され、その生命が獄中にて打ち捨てられようとしている愁嘆（しゅうたん）に暮れるもので、読む者の憐れみと義気を誘う名書であった。

二世皇帝もこの名文を読めば眼（まなこ）を湿らせ、李斯を獄から解き放つであろう。

そう思わせるほどの魂の書は、誰にも読まれなかった。


いや、ただ一人。

官吏（かんり）から書を受け取った趙高以外は。

李斯の上書は二世皇帝の手には渡らなかった。

獄吏は深く考えず書を官吏に手渡し、託された官吏は当然のように趙高へ届けた。

その書をなんの感傷もなく流し読んだ趙高は、

「囚人が上書なぞできる訳なかろう」

そう言うと李斯の未来のように暗い闇夜の中、篝火に投げ入れた。

そして苛立たし気にその足で獄へ向かう。

「諦めの悪い男よ！」

突如現れた趙高は獄吏から笞を奪い、振るい始めた。

「たかが宦官と。不能者と見下し続けた私に。この私に笞を打たれている心地はどうだ！　宮中の貉と蔑んでいた宦官に！　命を握られている気分はどうだ！」

目を背けたくなるような恐ろしい笑みで笞を放つ趙高。

「汚い字で書かれたお前の書は私が火に焚べてやった！」

「あ、ああっ……」

「気分はどうだと聞いているのだ！」

耳を覆いたくなる甲高く濁った狂声と悲鳴が獄に響く。


「趙高様、これ以上は罪人が死んでしまいます」

居たたまれなくなった獄吏が止めに入る。

どれほど笞を振るったのか、乱れた息を整えた趙高は、先程まではまるで別人のように冷静な声で囁いた。

「お前が諾と一言認めれば、この苦痛も終わる」

長子の死。

届かぬ上書。

笞打ちの苦悶。


李斯の心は折れた。

「み……みとめる……。もう……殺してくれ……」

李斯の降参の言葉を聞いた趙高は、耳まで裂けたかのように大きく口端を吊り上げた。

「聞いたか！　とうとう言いおった！　認めおったぞ！　この大逆人め！　腰斬に処してくれる！　三族余さず誅殺してやる！」

李斯の顔をのぞき込み、人が変わったように喜色満面に小躍りして回る趙高。

その深衣の裾が黄色く滲んだが、ここ獄中は悪臭が充満しており興奮している趙高自身も失禁していたのに気付くことはなかった。

「親族は……助けると……」

倒れ伏した李斯は目だけを趙高に向け、一族を悪いようにはしないと言ったはずだと訴えかけた。

「逆賊と取引などはせん。お前の得意であったろう。駆け引きというやつよ」

狂気から冷めた嗄れた声が、獄に響いた。


冠も巾もなく、髷も結わず、乱れた髪。

襤褸衣を纏った老人が、市中を見世物のように運ばれていく。

その人物は恰幅の良さそうな老人であったが、縄で縛られ肩を落として俯く姿は、実際よりひと回りもふた回りも小さく見えた。

一族なのか、少なくない人数がその後ろを同様に縛り上げられ、続く。

中には降嫁した元皇女までおり、民衆の注目の的となっている。


李斯が妾の自白を口にしてからさして日も経たず、処刑の日が訪れた。

李斯は抵抗することもなく、一族と共に刑場への道を連れられていく。

咸陽の市中を一回りし、刑場へ辿り着いた李斯は、同じく囚われた次子李執へポツリと呟いた。

「お前とは故郷でよく猟犬を連れて、兎狩りをしたな」

とりとめもない思い出を語る。

精も根も尽き果てた。

身体に笞で打たれていない箇所はない。

一目でそれが始皇帝に仕え、権勢を振るった李丞相だと判らぬほど、顔も腫れ上がり血を滲ませている。

「もう、そんなこともできぬのだな」

野心家で厳しい李斯が、最後に見せた家族への想いに李執は涙が溢(あふ)れた。

多くの咸陽の民が見物する中、李斯は最も残酷な腰斬に処された。

その様を見た李執の慟哭(どうこく)が咸陽の街に響く。

李執の泣き叫ぶ声を止めたのは、やはり処刑人の振り下ろした凶刃であった。

第18章 急変

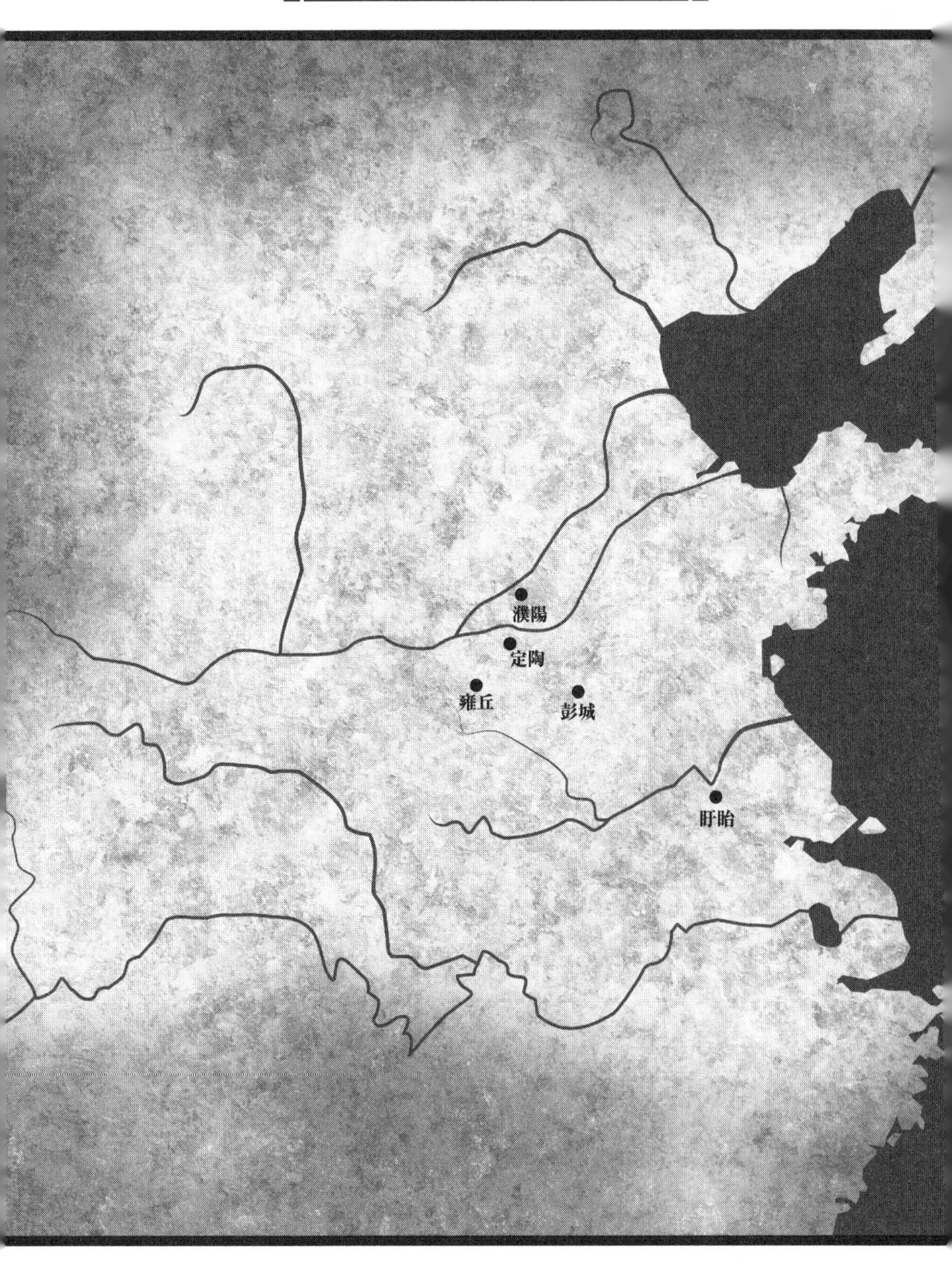

無事、定陶へ辿り着き防備を固める楚軍。その楚軍と共に定陶にやってきた俺は。

「項羽軍が西進していることを知らず、行き違いに東へ攻めたのが運の尽きでありましたな。っと、このような形でいかがか」

「ならば李由は諜報を怠るほど、焦っていたとも考えられますか？　うん、そうですね。その仕訳した集計の数値を当てはめて……」

　木簡に筆を走らせている額の広いおっさんと向き合っている。

「ふむ。李由が間抜けなだけか、それとも焦らざるを得ん理由があったのか。馬糧はどこへ記したらよいのかな？」

「ああ、では項目を増やしましょう。項目にするほどではないものは、まとめて雑収入、雑費などとすればよいでしょう」

「なるほど、こうして並べればどこで不足が出ていて、どこが余剰かが一目で解る」

　なぜか劉邦軍の留守居役の蕭何と、複式簿記的な何かを作っていた。


　定陶へ着いた後、客とはいえなんにもしないのも居心地悪いので范増に何かできることはないかと申し出た。

「お主、口以外は何ができる？」

　外交を営業と置き換えるなら、それ以外斉で貢献していたと言えるのは多分内務関係、特に経理かなぁ。

　それを伝えると、

「ふむ。しかしお主にその全容は見せる訳にもいかんが……。おぉ、そういえば劉邦の内務担当者がいつも疲れた顔をしておるな。お主は劉邦と懇意なのであろう。劉軍であれば悪感情も少なかろう。何か助けになるなら助けてやれい」

　という訳で蕭何を訪ねた。

　この時代の算術は九章算術という数学書に依っていて、ちゃんと利息の計算やら比例やら連立方程式やらも記されている。

　もちろん蕭何もこれを修めていて、基本的な計算能力はたぶん俺より高い。俺、文系だし。

　というか高すぎて周りが付いていけない結果、蕭何は劉邦軍の事務処理を一手に引き受けているようだった。

　久々に会った蕭何の目の下の隈は以前よりも深く刻まれ、額もさらに広くなった気がする。

　そんな蕭何に訪ねた理由を話し、斉では自作の書式を作って処理していたと溢すと、腕の骨が軋むほど摑まれた。藁にもすがる思いだったのだろう。

　うっすらとした記憶を頼りに作った複式簿記を兵糧に応用したんだが、俺の拙い説明でこの概念を理解するんだから、この人凄い。

　複式簿記ってずっと後の発明だろ？　確か大航海時代にうんたらかんたらって聞いたことがあ

る。

「まぁ、後は実際に月毎に報告させて改善していくのがよいでしょう」

「報告書が増えますが、それ以上に無駄がなくせますな！」

落ち窪んだ蕭何の目がキラキラと眩しい。

いやキラキラというより、ギラギラしてる。

「田中殿、貴方を……」

蕭何は言葉を止め、困ったようにフッと笑顔を作って首を振った。

「いや止めておきましょう。貴方にもいるのですな、私があの男を信じているように」

俺も同じ笑顔で頷く。

「まぁそういうことです。蕭何殿ほど苦労はしてないと思いますがね」

俺の返しに蕭何は苦い顔をして広い額を手で覆う。

「そこは同じく苦労していると仰って欲しかった……」

項羽や劉邦達は順調に西征を進め、一時期再興した魏の首都臨済も落としたようだ。

そして、さらに西進を続ける彼等の下に意外な報が入った。

三川郡の郡守で秦の丞相の長子李由が滎陽から東へ攻め進め、現在雍丘という地を攻めているらしい。

濮陽の章邯が西へ退却するのを援護するためと思われる。

蕭何と複式簿記もどきを書きながら話していたのはその話題だ。

滎陽は陳勝、呉広の乱の折に、仮王呉広が大軍をもってしても落とせなかった難攻不落の城。

しかも雍丘は三川郡の東、碭郡の西端の県で李由にとっては管轄外である。

なぜ李由が堅城を離れ、郡を越えてまで章邯の手助けをしようとしたのかは不明だが、絶好の機である。

この報を聞いた時、項羽達は臨済のさらに西、巻まで至っていたが、

「手の届かぬ深い穴倉から兎が顔を出しましたぞ。この機を逃す手はない」

劉邦の進言に頷いた項羽は、馬首を返すと得意の急行軍で雍丘へ向かった。

まさか楚軍が西から来るとは思っていない李由軍は背中から槍を突き刺され、一瞬にして三万の兵が狩られた。

項羽の不敗は続く。


名残惜しげな蕭何と別れ、外へ出るといつもの無表情な衛士さんが待っていた。

「交代いたしました」

俺の護衛は一人でしている訳ではない。何人かで交代で付いていてくれている。

一番愛想がないけど、話をしていて一番面白いのはこの衛士さんだな。

「令尹が盱眙へ戻ったようです」

宋義が斉への使者から戻って来たらしい。思ったより随分早かったな。早々に断られたのか、それとも事が上手く運んで早かったのか。

援軍のこと、そして宋義の長子、宋襄の斉入りのこと。斉がどう判断したのか、聞きに行かねばならんだろう。

項梁に直接、って訳にはいかんし、范増爺さんに聞くのがいいか。


「斉から援軍一万ほど、引き出したようだ」

楚にとっても俺にとっても喜ばしいことだが、范増の表情は曖昧だ。

……田横、やってくれたんだな。

東阿で十万をほとんど失った斉にとっては、一万でもかなり無理した数だ。頑固な兄貴を説得してくれたんだな。

「率いるのは田横将軍。編制が整い次第、河水沿いに出て道中の小規模な城や邑を落とし、兵力の増強を図りながらこちらへ向かうそうだ」

今のところ、急ぎで駆けつける必要性はないからな。

田横も少しでも兵を増やしながら合流した方が良いと判断したのだろう。

そして范増は眉間の皺を一層深くし、素直に喜ばなかった理由を語る。

「そしてもう一つ。斉は宋義の長子を要職へ迎えるそうだ。上手いことやりおった」

……そうか。田栄は受け入れたか。

まぁ援軍を出すことを赦した時点で、この提案も受けることに決まったようなもんか。

あっちは諾でこっちは否、ではまた揉めかねんからな。

楚の令尹の長子が斉にいることは悪いことばかりじゃない。

人質の意味合いもあるし、楚王が匿っているという田安達へ干渉できる可能性も大いにある。

斉王に擁立した田市のため、田栄は奴らのことを特に気にしているからな。

楚にとっても悪いことではないが、項梁側からすれば複雑なところだろう。

長子宋襄を斉の要職へ送り込んだことで、宋義は国同士の関係に少なからず影響力を持ったことになる。

「王へ復命を終えた宋義はまたこちらへ向かっているそうだ。この忙しい時にまたあの優雅で嫌味な自慢を聞かねばならんと思うと、背の瘤が疼くわ」

范増は顔を顰め溜め息を吐き、背中に手を回す。最近背中に小さなできものができたようで、それを気にしている。


しかし忙しいとは？

「なにかあったのですか」

とりあえず定陶の守りは固めたし、西征軍は順調。そして斉からの援軍。特に問題はないように思えるが。

「濮陽の章邯が消えた」

消えた?

「強雨の中、遠巻きに監視していた我が軍を急襲し、その勢いのまま駆け去ったらしい」

まさか……。

頭から血の気が引いていく。

「……斉が援軍を出したことを知られたと思いますか」

最優先で斉を憂う言葉が出たことに、迂闊(うかつ)さと申し訳なさで少し後悔したが気になるものは気になる。

言ってしまったことは仕方がない。

范増は鼻を鳴らして、俺の質問に応えた。

「城に籠もっておった章邯が、それを知るにはちと早すぎるであろう」

その応えにホッと溜め息を吐きたい気持ちを抑える。

章邯軍はいまだに十万近くの兵数が揃(そろ)っており、援軍を知って先(ま)ずは少ない兵力から各個撃破という方針で斉へ向かわれたら大変だ。

せっかく集めた田横の軍が、こちらへ合流する前に章邯に呑み込まれるような事態はないようだ。

俺の心中を察しているのであろう。范増は口を歪ませ、言葉を続ける。

「東へは向かわんだろうよ。孤立しに行くようなものだ。常道としては北へ退いて趙を攻めておる王離の軍と合流だ。そして奇をてらうならば……」

范増の眉間の皺が一層深く刻まれた。

「ここ定陶への強襲」

……大胆な章邯のこと、ここへの強襲は十分考えられる。

しかし敗戦から一旦落ち着くために、仲間と合流するってのも捨てるような可能性ではない。

趙では張耳や陳余が信都を新たな首都とし、秦の王離相手に踏ん張っている。

戦況は一進一退といった感じで、そこへ章邯が現れれば戦局は一気に傾くだろう。

もし章邯が趙へ向かうのであれば項梁としては即時、援軍を送らねばならないはず。

「なんとしても章邯軍を捕捉せねばならん、が」

言葉を切った范増は吹きさらしの窓から空を見上げる。

「天が章邯を隠している」

連日続く長雨が、章邯の姿を見付け難くしている。

「この雨の中での行軍ではさして距離を稼げません。それにここへ向かっているのなら済水を渡らねばなりません。大軍が渡河できる場所は限られておりましょう」

心を落ち着かせた俺は范増の背中に声を掛ける。

「趙へ向かうのであれば趙王も張耳殿、陳余殿と共に踏ん張ってくれましょう。援軍を送る猶予はあるはず」

范増は振り向かず頷く。

「うむ、済水沿いに多くの間諜を放ったし、ここ定陶の守りの準備もできておる。信都へは我が軍であれば飛鳥のように辿り着けよう」

しかしその背中には、何か戸惑いのようなものを感じる。

「何か憂慮することが」

俺の問いに、范増はまた空を見上げる。

「最近の武信君の思量を占めるのは章邯よりさらに先、そして秦打倒の先。秦を討った後のことのようでな」

それは項梁にしては、気が早いような……。

「先を見据え、慎重に備えるのは善くも悪くも武信君の性情ではあるが、さすがに飛躍が過ぎると苦言を呈した」

これはアレか？　宋義や衛士さんが言っていたことか。

項梁が変わったというのはこういうところなのか。

范増の諫言すら聞かなくなっているのか？

「武信君は諫言を聞かぬほど狭量ではない。しかし度々深夜に寝所を出、独り城壁に立ち、暗い地平に後の理想を思い描いておるようだ」

意外だな。剛胆にして冷静、そして現実主義なイメージだが。

「ああ見えて繊細な方だ。日中に今現在を采配、統率し、夜更けに栄えある未来を思い耽る。それで均衡を保っているのだろう」

考えてみれば現在、中国で一番の期待と重責を背負っているもんな。

現実逃避……とは違うけど、独りになりたい時もあるだろうし、全て上手くいく未来を想像してストレス解消してるんだろうか。

しかし、うーん……もしかしてこれ、俺のせいか？

「あの……武信君は前線から退かれ緊張感を失っている、とか」

范増はふんっと鼻を鳴らして否定する。

「武信君がそんなことで腑抜ける訳なかろう。締める時は締め、抜く時は抜く。元帥として君主として必要な資質だ。戦となれば独り歩きも控えよう。お主が責を感じるものではない」

心配性の老骨のただの愚痴だ、そう言って范増は口を歪ませた。

まぁ、そりゃそうか。

戦闘の匂いを感じ取れば、項梁は意識を切り替えるだろう。

「どのみち章邯が何処へ向かったのか判明してからであろう。それがわかれば武信君も目前のことに集中なさるはず」

俺の相槌に、范増の眉間が緩む。

范増爺さんも愚痴を吐いて少しは気が晴れたかな。

「范増殿も気を抜ける時は抜いた方がよいのでは？　誰とは申しませんが貴方の顔を見ただけで苦い顔をする方や、逃げ出す方も居られますよ。たまには笑顔で接すれば小言を聞く相手も増えましょう」

あ、ヤベ、営業先の爺さん感覚で思わず軽口を叩いてしまっ……。

「ほう……わしに訓戒を垂れるとはな。さすがは縦横家田中ではないか……！」

その後、青筋を立てた范増に日々の態度から儀礼に関することまで説教をくらい、部屋を出るまでに小一時間掛かった。

はぁ、まいった。

要らんことを口にしたな。

溜め息を吐きながら、自室へ戻る。その後ろに衛士さんが付いてくる。

「随分と話し込まれておりましたな」

珍しく衛士さんが話し掛けてきた。

「嫌味ですか、聞いていたでしょう。大半が説教ですよ」

たまにからかって来るんだよな、この人。

真顔で。

爺さんの小言で疲れたから、今は会話も上手く返せんよ。

衛士さんに、疲れた笑顔を向けようと後ろを振り返る。

うおっ……。

「どうかしましたか?」

俺の驚いた様子に衛士さんが尋ねた。

「あ、いや……衛士さん、笑って……?」

なんと衛士さんの顔には笑みが浮かんでいた。

笑顔……だよな、その顔……。

「ん? ああ、失礼いたしました」

自分でも気付いていなかったのか、衛士さんは口角の上がった口を手で覆い、元の能面のような顔に戻す。

それを見た俺は前に向き直り、足早に自室を目指した。

言っちゃあ悪いが……。

衛士さんのさっきの笑顔、滅茶苦茶(めちゃくちゃ)怖かった。

今まで見たこともないような笑顔だ。
……だからいつも無表情なのか？
不安を覚えるような。
悪寒で背筋が震えるような。
そんな笑顔だった。

雨が続く。
戦乱にまみれた世を嘆く民に呼応して天が涙を流しているという者がいる。
その者は天を仰ぎ、この争乱を震えて眺めているだけなのだろう。
泣き喚くだけでは何も変わらぬ。
雨は地に落ち、流れ集まり、河となり、巨岩を押し流す。
民が雨粒の一つ一つとなり、秦という王朝を洗い流せという天の啓示だ。
——その奔流を操り、上手く泳ぎ着くことができる者が次代の覇者となろう。
悪天の間、久しぶりに雨の落ちぬ夜。
しかし厚い雲に覆われた空に星は観えず、またすぐに降り出しそうだ。

その雲の様子を城壁から見上げながら想う。

そして雲から視線を落とした先には済水が。

城の側を流れる河は水嵩を増し、先日までの雨を呑み込みながら荒々しく流れている。

——天は今、選別しているのだ。

会稽から出て以降、軍は順調に増強し続けた。

楚王を騙る痴れ者も排除し、真の楚王の末裔を王位に就けた。

他国の再興への援助も行い、恩も売った。

——選ばれているのはこの項梁よ。

反乱を鎮圧しかけていた秦の将、章邯も退けた。

現在、濮陽から消えたという章邯。

実情は暫くの休息と補給を受けて仕切り直したいところであったろう。

しかし戦も知らぬ咸陽の無能共は怯えて閉じこもっていると騒ぎ立て、章邯の首を斬り離そうとするだろう。

章邯がそれを理解していない訳がない。早急に敗戦を雪がねばならぬ。

行方が分からぬというが目的地はここ、定陶であろう。

消息を絶った日から考えれば、あと数日もすれば章邯は現れるだろう。

堅牢な定陶で迎え撃っている間に、羽の軍が西から戻る。

挟撃を受けるか、逃げ退くか。

章邯の首を取るのは羽の剣であるか、咸陽の処刑人であるか。

それだけの違いだ。

咸陽にいる皇帝を倒すまで決して油断すべきではないが、次代の統治にも目を向けておかねばならぬ。

轟々と音を立てる河の流れの先を見詰め、自身の先に想いを馳せる。

范増にも目下に集中すべきと諫言されたが、私が未来を模索するのは楽観的な理由ではない。

楚王と私の関係。

正確には楚王とその周辺と私か。

名も力も大きくなり過ぎた私がこのまま王に仕えるのは、楚を乗っ取るという在らぬ疑いをかけられる。

やはり楚王から封地を頂き、どこかで独立するのが最善か。

権威を持つ周とその塀障となった西虢のような関係になるのが理想的であるが……。

「武信君」

突然掛けられた声に、反射的に剣の柄に手をやり振り返る。

篝火（かがりび）の先に人影が浮かぶ。

いつの間にか降り出した小雨と、夜の闇が影の正体を隠している。

「誰だ」

人影はゆっくりと近づき、炎に照らされた陰影の濃い姿を映した。

浮かんできたのは精気の乏しい、表情のない顔。

私は男に気付かれぬよう息を吐き出し、柄から手を外した。

「お主、なぜここに居る。誰も近づくなと申し付けたはずだ。田中の護衛はどうした」

田中に付けたはずの護衛の男。

矢継ぎ早に詰問する私に対して、男は応える。

「田中殿の護衛は非番でございます。章邯が近づきつつある最中、御一人（おひとり）での行動は危険です。すでに間諜や暗殺者が忍び込んでいるやもしれませぬ」

度々献策をしてきたが、取り入れることはなく、陰気で感情の読めぬ男だと覚えている。確か名は……。

「范増に言われて呼び戻しに来たか」

男はその問いに応えず、俑（よう）のような顔に薄笑いを貼り付けた。

その笑みに背筋が凍り、全身がぶるりと震えた。

――なんと不気味な笑みか。

「雨も落ち始めました。お戻りを」

「……うむ。身体が冷えてきたようだ」

震えを雨に濡れたためと誤魔化し、男の脇を通り過ぎる。

男は後ろに従い、歩き出したようだ。

雨音が強くなってきた。

「武信君に問いとうございます」

背中に問いが投げかけられるが、濡れた着物を重く感じて煩わしい。応えず、そのまま進む。

「才ある者が将となるためには」

「職務に努めよ。功を挙げよ。才あれば雑多の中でも光ろう」

振り向かず応える。

また己を売り込もうとしているのか。

「しかしその才は、従う者少なくば光らず。従う者多ければ多いほど輝きを増す才なのです。一度試してみては下さりませぬか」

兵を率いさせよ、と言いたいのか。

そういえば自己の評価の随分高い男であった。

「部下の多寡で輝きが変わる才など要らぬ。多いほど善いのは誰も同じであろう。……兵は将の感情に沿うものだ」

私は歩きながら告げる。

そこで漸(ようや)く、この自信過剰な男の名を思い出した。

羽の軍は速く激しい。劉邦の軍は進退自在。

この男の性質は冷静と言えなくもないが、無味乾燥で覇気がない。率いられた兵は将の気が読めず、戸惑うだけだろう。

「……やはり駄目だな。小心者の浅い器では戦の本質は理解できぬか。兵の感情をも支配してこそ将であろう」

「……今、なんと申した？」

私は突然豹変(ひょうへん)した不躾(ぶしつけ)な物言いに振り返った。


突然の浮遊感。

そして見えたのは、私を城壁から見下ろす青白い顔と突き出された両腕。

刹那のはずが、時が止まったかのように長く感じる。


なぜだ？

私は天に選ばれたのでは？

こんなところで愚劣に死ぬのか。

なぜだ？
奴の姿が天に吸い込まれて遠くなる。

「韓……！」

その名を言い終わる前にグシャリという音が頭に響き、雨が止んだ。
いや、身体の感覚がなくなっただけ。
すぐに全てが、夜より暗い闇に染まった。

「……やはり将たる品格や事が露見する危険を考えるとこういった類は自ら行うものではないな」

城壁から落ちたものが動かぬのを目を凝らして確認した男は濡れた肩を払い、呟く。

「次に軍を率いるのはアレの甥か、いや令尹か。願わくば次の主は、我が才を認める人物であって欲しいものだ」

歩き始めた男、韓信は雨音に溶け込むようにその場を後にした。

増水した河は、容易く人を呑み込む。

濮陽を出た章邯の軍は、済水に幾人かの生贄を捧げながらこの河を渡った。

彼らは舟から落ちた者を捜すことはせず、足を止めることもない。

章邯もただ、うねる水流と雨の波紋で飾られた川面を睨み、言葉なく進む。

その後、隠れながら定陶へ近づく章邯軍の下へ『定陶の様子がおかしい』という報が間諜によってもたらされた。

――すでに我が軍の居場所を突き止められたか？

先の敗戦のためか気弱な思考が浮かぶ章邯だが、周りの兵と自分自身に虚勢を張るため戯けてみせた。

「俺はどうも楚軍とは相性が悪いようだな。万全で待ち構えておるなら、一旦退いて趙の友軍の寝床を借りることとしようか」

そう苦笑いした章邯はさらに間諜を放ち、報告を待つことにした。

隠れながらの鈍い行軍でも定陶まであと数日の距離まで来ている。

ここで引き返すことになれば、なんのために危険な渡河を行ったのか。

章邯は笑みを作った口の奥で歯を軋ませた。

翌日、戻ってきた弩好きの間諜が報告する。

「我らの接近が露見した訳ではない様子。何やら大事があったようで全体が浮き足立っております」

「……よし」

この報に章邯はすぐさま軍を動かす。

――事情はわからぬが、今が好機。迷う時ではない。

「堅城であっても、守る者が迷っておるなら壁は脆いぞ！」

この機を逃しては敗けを雪げぬと、行軍を速めた。

厚い雲に覆われた空から降る雨は一向に止まない。

そろそろ日の落ちる時刻だろう。薄暗い景色が一層暗くなっていく。

そんな中、楚兵は規律正しく足並みを揃え、無駄口を叩かず走っている。

以前同行した、東阿の援軍の時のような気力溢れる行軍ではない。

皆、嘆きや哀しみ、ぶつけようのない憤りが溢れてしまうのを堪えるため、歯を食いしばり、口を固く結んでいる。

俺はそんな楚兵に囲まれ、定陶から彭城へ向かう道を駆けている。

にわかには信じられない凶報を聞いたのは、その日の朝だった。

昨日の夜降り出した雨は止まず、今日もまた雨の朝。

「田中殿、起きておいでか」

起きて間もない俺はまだ上手く働かない頭でダラダラ着替えていると、衛士さんから声が掛かった。

今日は朝から無表情の衛士さんが護衛担当か。

「はぁなにか」

入室した衛士さんは、いつも通りの抑揚のない口調で語る。

「武信君が城壁から転落し、遺体で見付かりました」

着物の襟を直す俺の手が止まった。

振り返り衛士さんを見るが、事務的な報告をする時と同じ、いつもの冷たい無表情のままだ。

「……えっ？」

「武信君が亡くなりました」

思わず部屋を飛び出した俺は、辺りを見回す。

異様な雰囲気の中、誰もが慌ただしく動いている様子が目に映る。

「主だった臣へ登城の令が下っており……」

後ろから聞こえる衛士さんの声を無視して俺は駆け出した。

転落？　事故死？　なんだよそれ、無理矢理過ぎるだろ……。

無理なのか？　変えられないのか……？

幾多の雨音と足音が、俺の心を騒がしく掻き立てる。

どうあっても歴史通りに進まないといけないのかよっ！


范増を探して城内を走る。

「范増殿！」

城内の自室から足早に出てくる范増の下へ駆け寄る。

眉間に皺を一際深く刻んだ范増は、俺を一瞥するが足を止めず長い廊下を歩き出した。

俺は会議の間へ急ぐ彼の後ろ姿に説明を求めた。

「武信君の件、事実なのですか？」

周囲の様子から嘘か真かは理解できそうなものだが、未だ信じられない俺は尋ねる。

「事実も何も遺体で見付かっておる」

聞かなくてもわかる問いに歩を止めず応える范増。厳しい声色に憤りや苛立ちを感じる。

なぜ？　何が起きた？

そう尋ねそうになるのを抑える。彼も全容を把握しきれていないのだろう。

范増は一度足を止め、振り返った。

鋭い視線が俺を射貫く。

「原因はどうあれ、我らは頭首を失った」

戸惑いや怒り、哀しみ。

隠しきれない感情が、范増の目元の皺を赤く染めている。

「秦軍の渡河の跡が見付かった。章邯が来る」

その厳しい目と言葉に喉の奥が詰まる。

最悪のタイミングだ。……いや、そういうことなのか？

向き直り、また歩き始めた范増は敢えてその可能性には触れず、続ける。

「誰を元帥に据えるか。迎え撃つか退くか。西の友軍のこと。議することは山積みだ」

そして付いていこうとする俺に、視線だけこちらに向けると釘を刺した。

「お主は議には加われぬ。待っておれ」

その言葉に、俺の足は地に縫いつけられたように止まった。

俺は楚で役職を貰う予定だったが、まだ貰っていない客分だ。

この大事に参加できるような身分ではない。

俺は遠ざかる范増の背中を見送るしかなかった。

会議は早急に開かれ、その結論も素早く城中へ伝達された。

定陶からの撤退。

軍の頭首で、実質的な楚の主柱である項梁を失った。

堅城とはいえ今の楚軍は混乱の極みで戦うどころではなく、籠城は不利と見たようだ。

この撤退戦を指揮するのは令尹の宋義。

軍事にも暗くなく、序列からして順当な人選だろう。

この場に項羽がいれば違う結論になっていただろうか。混乱の中、強引に指揮権を手にして迫りくる章邯すらも撃退できるかもしれない。

そう思わせる強さが項羽にはある。

しかし現実には項羽は遥か西、そして宋義がここに居る。

未だ叔父の訃報も届いていないだろう。

令尹といえば楚王に次ぐ地位だ。彭城に着くまでの間、仮に総指揮を取ることに項梁派も異論は挟めないだろう。

その後楚王が正式に元帥を任命することになるだろうが、そこで項羽が実権を握ることになるのだろうか。

項梁の甥で軍内の評価は抜群に高いが、それでも項羽は数いる中の将軍の一人でしかない。

叔父を喪った項羽の胸中。宋義の思惑。

楚王はどう判断するのだろうか。


宋義の命令は城へ千余りの兵を残し、後の者は速やかに彭城まで駆けるというものだった。

「少数で城を守らせ追撃を防ぎ、時を稼ぐつもりですな。妥当な戦略です」

撤退の準備のため俺は部屋に戻り、衛士さんの話を聞きながら少ない荷をまとめる。

「城を守るその少数は……」

俺は手を止め、わかりきったことだが聞いてしまう。

「決死ですな」

予想通りの答えに、言葉が出ない。

「大を生かすためには必須。最小限の犠牲です」

衛士さんは冷静な口調だが、どこか満足げに応える。

「…………」

これが戦。

これが軍略。

わかっている。

俺も古代中国に来て何年も経っているし、いくつもの戦闘に参加した。

命の軽重を否応なく理解させられた。

俺だって田横や蒙琳さん、近しい人達を助けるためなら他の人を犠牲にするかもしれない。いや、確実にそんな人間になっているだろう。

この胸のしこりは自分勝手な偽善だとわかっている。

「私が指揮でもこの策を取ります」

衛士さんの言葉が聞こえるが、今は戦談議がしたい訳じゃない。

「武信君の件で何か知っていることはありませんか」

俺は誰にも向けられぬ憤りと自己嫌悪を誤魔化すため、話題を変えた。

得意の戦略論から話題を逸らされ興が削がれたのか、衛士さんの表情の乏しい顔が一層冷淡に映る。

「私如き護衛にはさして情報は入って来ず、又聞きの範疇ですが」

そう自虐し、彼は淡々と語り始めた。

「武信君は夜、一人で城壁に登ることが度々あったようです。昨夜は夜半から雨が降り始め、その雨に足を滑らせたか、という話ですが」

普通に考えたらそうなんだろうが、そのまま信じる者はいないだろう。

「章邯の手によるものと考えた方が、腑に落ちますな」

秦軍が迫る中で、あまりにも不自然な転落死。誰もが暗殺を疑う。

項梁は自身が楚人であることに誇りを持っていた。

史実では章邯と戦って、敗け、亡くなった。

それが、城壁から落ちて転落死なんて。

落ちている僅かな合間に、何を想ったのだろうか。

死んでも死にきれない。

そんな想いだったのだろうか。

「しかしこの凶事が章邯によるものであろうとなかろうと秦軍がこちらへ向かっているのは事実。戦えぬなら速やかに退いた方がよい」

衛士さんの他人事(ひとごと)のような口調が、やけに心を苛つかせる。

「わかってますよ」

俺は、衛士さんを強い目で見た。


項梁の死。

それを避けるためにここへ来たのに。

無意味なことどころか余計なことをしたのか。

うろ覚えの記憶に翻弄され、流れに逆らえず、歴史に嘲笑(あざわら)われている。

頭の中に疑念や焦り、後悔が荒れる河のように渦巻く。

衛士さんは、そんな俺を冷めた目で見詰める。

会話の途切れた部屋を出ようと彼は背を向けたが、何かを思い出したかのように俺に向き直った。

「図らずも田中殿の言われていたように、主が替わることになりそうです。これで我が道が開けるかもしれません。御礼申し上げる」

俺は……。

「……俺は何もしていませんし、そういったつもりで言ったのでは」

衛士さんの言葉とその不気味な笑顔に、背筋が凍った。


「どうも真に混乱しているようだ。……たとえ罠でも行くしかないがな」

定陶の城を観た章邯は、その守兵の少なさに不信感を覚えながらもそう判断し、城攻めを命じた。

章邯の予想に反して罠らしきものはなく、呆気なく落ちた定陶の城。

この抵抗のなさの真相を探る章邯は捕らえた楚兵に尋問する。

「ここで何が起きた」

縛られ跪く楚兵は、答えの代わりに唾を吐き飛ばした。

しかしそれは、質素だが質の良い鎧に身を包んだ章邯までは届かず、地面を濡らしただけであった。

口は割らぬという強い意思を見せつけられた章邯は溜め息を吐き、手を振って楚兵を下がらせるとまた別の楚兵を引き立てる。

口の固い楚兵の唾が地に幾つかの染みを作ったが、何人目かもわからなくなった頃、漸く命を惜しむ兵が現れ、事の真相を知れた。

「項梁が死んだ?」

城壁から落ちて物言わぬ骸となった。そしてそれは章邯の手による暗殺ではないかという噂だと、震える楚兵は下卑た笑みを浮かべて話した。

心当たりのない章邯は内心呆気に取られたが、それを顔に出さず楚兵を見詰めた。

「ひっ、私が言った訳ではございません！ う、噂が。そういう噂がっ……」

目下最大の敵であった項梁が労せずしていなくなったことは喜ぶべきことである。

しかし、肩すかしを食らったような攻城戦と自身の思わぬ噂に後味の悪さを覚える。

「約束通り命は取らん。何処へなりとも行け」

怯える楚兵に章邯は言い放った。

その自身の声が思いの外、怒気を含んだものだったことに内心驚いた章邯は、一つ咳払いをして口を割った楚兵を下がらせ周囲の配下におどけて命じた。

「退いた楚軍に追撃をかける。しかし深くは追わん。面倒だからな」

実際、すでに退いた本隊を今から追ってもあまり成果は得られぬだろう。

無理のない程度の追撃を指示しながら章邯は、別のことを考えていた。


暗殺という方法も思いつかなかった訳ではない。

だが権謀術数の渦巻く咸陽の宮中を思い浮かべ、同じ穴の狢となることに強い忌避感を覚え、無意識にその選択肢を除いていた。

――外から見れば私も同類と見られているだろうがな。いや、宦官にけしかけられて奔る狗畜生か。

章邯は顎鬚を掻き、今の境遇を嘲笑う。

しかしその目には強い意思が宿っていた。

――しかし狗にも矜持があるのだ。

武人として、将として。己の器を量り続けている。

そのために新たな敵を求める章邯は、雲の広がる北西の空を睨んだ。

「次は趙か」

彭城に着いた宋義は、城壁を補修し塁を高く築き守りを固めた。

彭城が楚にとって最重要の地と位置づけ、章邯が来るならばここで迎え撃とうという思惑だ。

意気衝天の面持ちで待ち構えていた宋義だが、章邯が北へ向かったと知ると、深く大きな息を吐いたという。

その相手がいきなり章邯ということで、かなり肩に力が入っていたようだ。

軍才を披露する機会を逃した宋義だがそれに気を緩めることはなく、最も得意であろう政事に素早く着手した。

まず楚王の側にいる上柱国陳嬰と協議し、盱眙から彭城に楚王を迎えた。

首都が盱眙では戦場から遠く、王の威光が届きにくい。

また項梁が倒れて消沈する兵の士気を鼓舞するため、敢えて王が敵に向かって前進することで、楚は逃げぬという姿勢を内外に表すためだ。

「彭城は盱眙よりも大きな城であり、王都に相応しい要地でございます。武信君は王の安全を何より考えて王都を盱眙としましたが、亡君の遺志、兵の奮迅のためどうか声の届く場所へ」

民の安寧、楚の栄達を望む陳嬰の私心なき言葉を楚王は聞き届けた。

その数日後、俺は共にいた范増の下に転がるように報告に来た官吏の言葉を聞いた。

「こ、項羽将軍が戻られて……」

言い淀んだ官吏の次の句を待たず、范増と俺は部屋を後にした。

城門から入ってすぐ。

遠巻きに様子を見守る人だかりの中心に、嵐のように荒れ狂う若者がいる。

「どういうことか、説明しろ！」

雨の中を駆けて来たのだろう。

泥に濡れた鎧もそのままに、官吏の胸ぐらを摑み、締め上げている。

その恐ろしいほどの膂力は官吏の身体を持ち上げており、気道の詰まった官吏は声にならぬ悲鳴を上げている。

「落ち着かれよ。それでは声も上げられまい」

項羽は己を戒める声に射殺さんばかりの眼光を向けたが、それが范増だと解ると今にも泣き出しそうに顔を歪めた。

「范翁……」

自身が発した弱々しい声に我に返ったのか、項羽は顔をまた厳しい表情に戻し范増に詰め寄った。

「范翁、何がどうなっている……。叔父上に何が」

「武信君は定陶の城壁から転落して命を落とし、直後秦軍が現れたので令尹指揮の下、彭城まで退いた」

簡潔にして正確。事実のみを伝える范増。

項羽は震えるほど怒りを露わにし、范増に食ってかかる。

「それを、唯々諾々と受け入れる訳なかろう！　やはり章邯に依るものなのか！」

やはり事故死とは考えていないようだ。

「そう考えるのが大勢ではあるが、他の可能性もなくはない。……真相は闇に消えた」

「しかし、叔父上は……叔父上がっ」

納得のできぬ答えに、苛立ちを募らせる項羽は拳を握りしめ、地面に叩きつけた。怒りと哀しみの拳は地深くまで響かせるように幾度も振り下ろされ、項羽の涙が震える地を濡らす。

「項羽殿、拳を痛めます」

俺はいたたまれなくなり声を掛けると、赤い目がこちらを睨んだ。

「田中……。叔父上が居なくなって、やりやすくなったと思っておるのか」

「え？」

「宋義の長子は斉で要職に就き、お主も楚で役職を与えられる。叔父上が何かと目障りになると思っておったのではないのか！」

俺が疑われているのか……？

「そんなことは！」

俺の否定の言葉に項羽は蔑視を向け、大きな声で糾弾する。

「そもそも斉は東阿へ援（たす）けた我らの共闘要請を何かと理由を付けて兵を出さず、寄越（よこ）したのは細枝のような男一人！」

またそれを蒸し返すのか？　兵を出さない訳ではないし、遅れている理由も伝えたはずだ。

「それにお主が叔父上に定陶へ退けなどと……」

……ちょっと待て。

俺は項梁の死を回避しようと、ここまで来たんだ。

身内を亡くし荒れているのは解る。

しかし、そこまで言われる故はないんじゃないか。


『図らずも田中殿の言われていたように、主が替わることになりそうです』

衛士の嫌味とも取れる言葉が頭に浮かび、血が沸き、熱くなるのを感じる。

「兵は田横が出していると伝えたはずです。遅れている理由も。武信君に前線から退くよう進言したのは確かに私ですが、項羽殿もその言に乗ったではないですか」

俺のいつもより低い声が辺りに響く。

「なにっ」

俺だって項梁の死を回避しようとここまで来た。

戦場から遠ざけ、それは成功したかに見えた。

でも無理だったんだ。

歴史を少し知ってるだけの、ただのサラリーマンが何やったって……！

「俺は退く具体的な場所は言ってない。それに最後に決断したのは武信君本人でしょう。それとも武信君はたかが一弁士の、俺の言葉にその身を委ねるほど判断力がなかったんですか」

ここで反論しなきゃ、このまま楚軍には居られなくなるだろう。

そう思い、強く返したが後悔が胸に突き刺さる。

俺自身もこの不測の状況に振り回され、冷静ではないのだろう。

亡くなった人の身内に向ける言葉ではない。

感情的になった者の心を逆撫でするような言い方だ。

自分の嫌な部分が露呈して、粟立つような自己嫌悪が身体の中で弾ける。

「言ったな……この減らず口が！」

項羽が腰にさげた剣の柄を摑み、その赤い目は獲物を狙う肉食獣のように俺の姿を捉えて離さない。

ヤバい、言葉をまずったな……。

殴られるくらいは覚悟してたが、剣はまずい！

剝き出しの殺意に、震える。


「双方黙らっしゃい！」

雷のような鋭い声が場の空気を切り裂いた。

声の主、范増の一喝は項羽と俺の時を止め、先程とは違う緊張感が辺りに漂う。

止まった時の中、范増は俺達に近づき厳しい目で巨軀（きょく）の項羽を見上げる。

普段ならばその叱責を受け身体を小さく丸める項羽だが、今回ばかりはたじろぐことはなく俺から視線を外さない。

「項羽殿、この田中を斬ってなんとする。真にこの男が武信君を弑（しい）したとお思いか」

「……」

しかし范増の言葉を受け、殺気立った気配に変化が見える。

「この男がそのような真似（まね）をするはずもないことは貴方も理解しておろう。誰彼構わず当たり散らすなぞ、孺子（じゅし）の行い」

范増は言葉を切り、未だ剣の柄から手を離さぬ項羽の肩にそっと手を添えた。

先程の怒鳴り声とは違う、深く染みる声で項羽に語りかける。

「武信君は貴方を将として育てたはず」

「……」

「真相は測れずとも、武信君の遺志は秦の打倒、楚の隆盛でありましょう。それは章邯を討つことが正道。そして章邯を討つことのできる最善最適な将は貴方を措いて他に居らぬ。剣を振る相手は田中ではなく秦である。どうか違えなさるな」

　これぞ説教という彼の言は、それを聞いていた人達の胸を打つ。

「……ふんっ」

　項羽も怒気を隠そうとはしないが、柄から手を離す。

　その様子に溜め息を吐き、次に范増はこちらを向く。

「田中！」

　再び落ちた雷に、俺の背筋は伸びあがった。

　嵐が一歩二歩と迫りくる。

「は、はい」

「先程の弁、命を賭ける言葉としては軽すぎるであろう」

「……はい」

　全くもってその通りだ。

　感情的になった相手に同じく感情的に言葉を放っては、ぶつかり合うだけだ。

特に項羽は若く、激しい。

迂闊な言葉を投げかければ、刃が降ってくるだろう。

今さら言うことでもないが、と范増は語る。

「言葉の重さは弁士自身の軽重で決まる。正しい言が常に正しい結果をもたらす訳ではない」

あぁ……そうだな。

俺の反論を范増が言っていたならば、項羽はここまで逆上しなかっただろう。

范増のような深い重みが俺にはない。

自分の存在の軽さに唇を嚙む。

そんな俺を見た范増はふん、と鼻を鳴らす。

「田中、確かにお主はまだ軽い。しかしお主の弁は元々理路整然と反論を抑え込むような類のものではないであろう」

そう言われてはっとして、嚙んだ唇を離す。

そうなのかもしれない。俺はどこを目指していたんだろう。

どんな風に人に語りかけていたのだろう。

人の先にある歴史ばかりを観て、その人自身を観ていなかったのだろうか？

特に楚軍に来てから。

「人の感情を読み解き、寄り添う。そこに己の想いを乗せ、或いは混ぜ込み、訴える。それが弁士田中の姿。焦って己を履き違えるな」
「……はっ」
上手く言葉が出ず、俺は両手を組んで高く上げ深く頭を下げた。
また、ふんと鼻を鳴らす音が聞こえた。
そもそもこの口だけで歴史を変えようとしているんだ。
上手くいく方が少なくて当然だ。
でも、まだここでやらなきゃいけないことはある。
何度失敗しようと、もがかなきゃな。

第19章 宣言

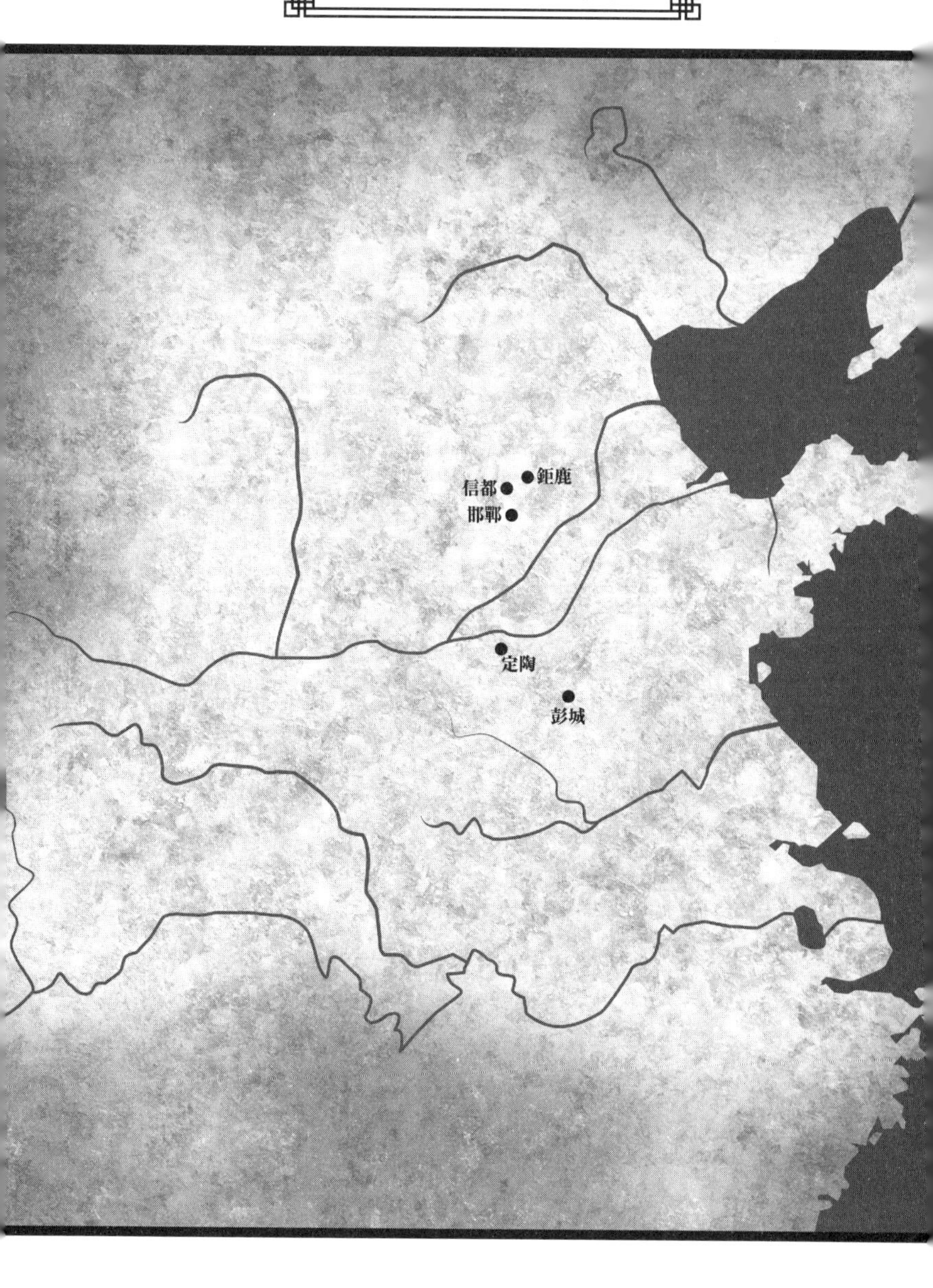

楚王は武信君の死を最も哀しんだ一人であった。

武信君、項梁の訃報を知った楚王は涙を落としながら、決意を改めた。

尊い血を求めただけで傀儡を望んでいる、と側にいる者は眉を顰めていたが表立って不遜な態度を取られることはなく、敬意を持って接せられた。

どういった形であれ自分という存在は武信君に求められ、掬い上げられた。

奴隷のように羊を追い、枯れて死ぬだけの老人に玉座を用意してくれた。

自己の力では到底叶わぬものを、献じてくれたのだ。

精神的立場ではあちらが上、こちらが下位であるのは当然のこと。

それを表に出さぬだけでも武信君に信を置く価値があった。

優れた者が自在に動けるよう、取り計らうのも王の役目である。

そう腹を決め、対秦については万事、武信君に任せていたのだ。

――恩に報い、武信君の遺志は私が継がねばならぬ。

――ここからは王が。いや、ここからが真に楚王としての始まりである。

楚王は報恩と自らが担うこれからの政を想い、老骨に精気を漲らせ短く震えた。

まず臣下の声に耳を傾ければ、定陶からの速やかな撤退は宋義の指揮に因るものだという。

思えば以前から宋義は、武信君の驕りからくる危機を予言し、献言してきていた。

――儀典や外交の才だけでなく、軍事においても洞察力、予見力がある。軍を任せるならば宋義か。

武信君の死によって、士気の失った軍の刷新を図るため楚王は彭城に集った諸将の前で新たに叙任を行った。

宋義を上将軍に任じ、呂臣を司徒とし、その父呂青を令尹とした。

呂臣は陳勝の興した張楚の臣であったが陳勝が秦から敗走する際、御者荘賈が陳勝を殺して秦に降伏すると、呂臣は残党を纏めて仇敵荘賈を討ち、秦を攻めて陳の地を取り戻した。

やがて秦に攻められ逃亡するが、黥布と合流して再び兵を集め、また陳を取り戻した不屈の人である。

また武信君の下でめざましい活躍を見せる劉邦を碭郡の長として武安侯に封じた。

そして項羽へは上将軍の次席である次将とし、魯公の爵名を与え、長安侯に封じた。

楚王は武信君の甥であり、常勝不敗の項羽を軍の頂点に、と考えなかった訳ではない。

しかし、楚王の耳に届く項羽の評価は跡を継ぐには荒く、残酷だという。

実際に襄城で邑民全てを坑殺したことを聞き、その残忍さに眉を顰めたのは遠い過去ではない。

――まだ全軍を率いるには、年季が足らぬであろう。

楚王は王なれどその根幹には羊飼いの穏便さが染み付いており、ここでは宋義を元帥とする無難な選択肢を選ぶ。

これに対し諸将、特に項羽には思うところがあったであろうが、上奏することなく黙して頭を垂れた。

上将軍となった宋義は先頭に立つ将ではなく、後ろで構えて指揮を取る部類の将であろう。

前線の将はそれぞれの判断で動かねばならぬ時が多々ある。

後方から余計な口出しさえしなければよい。

諸将の想いは発せられることはなく、その場の空気だけが淀む。

戦を知らぬ楚王は、その雰囲気を諸将は未だ武信君の死を引きずり意気が沈んでいると解し、彼らを鼓舞するため思いもよらぬことを宣言した。

「最初に関中に入った者を王とする」

運命の言葉が発せられた。

関中という地名の関とは、函谷関を指す。

この一帯の盆地は、函谷関を始めとする幾数もの関に護られ、古代周王朝も首都を構えた肥沃な地である。

楚王の言う『関の中』とは秦の首都咸陽のこと。

咸陽に入る、つまり秦の首都を落とした者を関中の王にすると楚王は約束した。

王となれば、楚王と同列。その命令に従わねばならぬ立場ではなくなる。

実際陳勝、呉広の乱の折、陳勝の命を受けて趙を攻めた武臣は張耳、陳余と謀って趙王を名乗って陳勝に認めさせた。

力さえあれば臣下の鎖を断ち切り、玉座に座って独自の道を拓けるということを証明したのである。

関中は山と関に囲まれ、人が集まり、広大な農地の広がる中華の中心。

この地の王となれば、天下の主宰者への最短距離。

にわかにざわめく諸将であったが、しかしそれは野心を刺激されたものではなく先走った楚王の宣言に戸惑う声であった。

関中攻略よりも先ず、趙からの救援要請に応えねばならぬのである。

楚王が関中を落とした者を王とする、と宣言するより時は少し遡り、定陶周辺を押さえた章邯は、腰を落ち着けることなく北へ向かった。

秦の将、王離と合流し趙を討伐するためである。

趙王を担ぐ張耳、陳余は王離と一進一退の戦いを続けているが、章邯が向かっていることを知ると青ざめた。

「張さん、章邯が現れれば信都ではもたぬぞ」

「わかっておるっ」

二人は焦りを隠せず、声高に布地に描かれた地図を前に協議を重ねる。

「趙に入った章邯は邯鄲の民を移し、城郭を破壊したようだ」

「邯鄲に籠城できれば秦の大軍にも耐えられたやもしれぬが……。ここ信都ではそう長くはもつまい。張さん、どうする」

「むぅ……ならばここから東の鉅鹿はどうだ。信都よりは籠城に向いていよう。陳さん、お主は北の恒山郡に向かい兵を募ってくれ。わしは王を補佐し、各国へ救援の使者を送ろう」

「……わかった」

陳余は張耳の言葉に、僅かに疑念を抱いた。

——私と王とを引き離しておきたいのか。

だがいつ現れるともしれぬ章邯に対抗すべく今のうちに兵を集めておかねばならぬとする張耳の主張はもっともである、と胸の霧を打ち払い募兵へ向かった。

陳余の向かった恒山郡は秦を恨むものが多く、その呼びかけに応じて多くの民が集まり、瞬く間に兵の数は数万に達した。

兵を得た陳余は意気軒昂に鉅鹿城付近までやって来たが。

「これは……突破できぬ」

自軍の五倍を超える秦軍が城を囲む様を目の当たりにし、城の北に陣を構え立ち止まった。

陳余が募兵に奔(はし)り、張耳が燕(えん)、楚、斉(せい)へ救援を乞う使者を送って、趙王が信都から鉅鹿へ移ったのを知ると、秦の将王離は鉅鹿へと自軍の大半を進めた。

そもそも王離率いる北方軍は、上郡に駐屯し異民族に対する防備の軍である。

この反乱に対して全軍を回す訳にはいかず一部を率い兵を徴集しながら鎮圧を試みていたが、反秦の意識の高い趙一帯においては思うように兵も集まらないばかりか強い抵抗を受け、目立った戦果を挙げられずにいた。

しかし趙の臣下であった李良(りりょう)を寝返らせ、趙王を名乗った武臣を討つなど、己の器量の範疇(はんちゅう)で戦う王離の下へ、章邯の援軍が来るという朗報が届く。

そして章邯からの使者の言葉を受け、王離は鉅鹿の城を囲み、大きく勝つための舞台を整えた。

「たまには楽させてもらおう。他の将にも功を挙げてもらわなきゃならんしな」

怠慢な台詞(せりふ)と裏腹に隙なく鉅鹿の南に陣取った章邯は、兵の戟(げき)を鍬(くわ)に持ち替えさせ、王離軍への補給のための甬道(ようどう)の造設に取り掛かった。

咸陽からの補給を十分に受けられず戦っていた王離に報いるべく、経験豊富な工兵と化した章邯軍の土木作業は凄(すさ)まじく、その甬道は河水(かすい)まで達し、水路陸路を経て豊富な兵と物資が王離の陣へと運び込まれた。

水枯れしていた樹木に恵みの雨が降り注いだ如く、潤った王離の陣は趙王と張耳の籠もる鉅鹿の城を激しく攻め立てる。

「なにをしておる……！」

鉅鹿の城内では張耳が、他国の援軍と、そして何より北に陣取った陳余の援けを待ち焦がれ、砕けんばかりに歯を軋ませていた。

楚王は趙の救援要請に応え軍を発すると言い、そしてそれと同時に関中を目指す者を求めた。

「戦国時代、趙が魏に攻められ、斉が救援した『桂陵の戦い』がある」

『桂陵の戦い』は、斉の孫臏が救援を乞われた趙都に向かわず、魏の首都大梁を包囲することで魏軍を引き返させ、その軍を桂陵で破って趙を救った戦いである。

楚王はこの有名な戦いに基づいた戦略であると告げる。

「関中に向かえば敵は浮き足立とう。その隙に趙を救い、秦軍を討つ」

楚王の戦略は理に適った妙案らしく聞こえる。

が、咸陽までの城と関の堅さ、兵数の差を考えれば過酷どころの話ではない。

陳勝の反乱の折、呉広が滎陽を攻めた際、別働軍の兵を率いた周文は数十万をもってして難攻不落の函谷関を奪ったが、咸陽までは届かなかった。

今の楚に数十万を率いて西へ向かう兵力はない。

穏やかな王が意図しているかはわからぬが、要は関中へ侵攻する者は囮ということである。

そして対価としてその勇士に王の地位を与えると。

「関中の玉座に座らんとする者は名乗り出よ」

——玉座に座る前に棺に寝ることになる。

場が静まり、沈黙が支配しかけた時。

二人の男が沈む空気を切り裂き、腰を上げた。

「我こそが」

同じ言葉を同時に放った二人に将の目が集まった。


立ち上がった二人を居並ぶ諸将が見上げるその光景は、まるで二人の英雄を崇めているような一枚の絵画にも見える。

「項羽と劉邦」

その末席に座り、隣にも聞こえぬ程の声で呟いた男がいた。

田中である。

「項羽と劉邦」

俺は思わず口に出た二人の名を慌てて呑(の)みこむ。

幸い、誰にも聞かれなかったようでこちらに視線を向ける者はいない。

というよりも立ち上がった二人に惹(ひ)き寄せられるように諸将はただ、その姿を見上げていた。

驚愕(きょうがく)、憧憬、妬み。

様々な眼差(まなざ)しが向けられた二人のうち、先ずは項羽が昂然(こうぜん)と楚王に語り始めた。

「武信君の死が暗殺であれ事故であれ、仇(かたき)は秦軍。趙へ向かった章邯の首を墓前に捧(ささ)げたくはあるが、叔父の遺志は秦の征伐であり楚の興隆。秦の将軍の首一つでは不足。秦兵の万の首、そして皇帝の首を捧げてこそ武信君の無念を晴らせましょう」

仇を討つことはこの時代、美徳とされている。

しかし項羽の『万の首』という言葉は、楚王の眉を僅かに顰めさせた。

その様子を見ていた劉邦が、飄々(ひょうひょう)とした態度で続く。

「今回の出兵の主たる目的は趙の救援。関中侵攻とは勇ましく聞こえるが、要は陽動の軍。楚軍一の勇将項羽殿と共にできればこれほど心強いものはありませぬ。しかし趙を攻める秦兵の数は夥(おびただ)しく、それを率いる将、章邯は賢(さか)しく手強(てごわ)い相手。項羽殿が居らねば梃子(てこず)摺りましょう」

劉邦は項羽に向かって笑みを作る。

項羽は劉邦の賛辞に好意を示して軽く頷いたが、関中行きへの意思は曲げないようで再び無言で楚王を見据えた。

笑みを苦笑に変えた劉邦は言葉を続ける。

「咸陽までは城も砦も多いが、陽動にそこまで兵も割けますまい。なに、この劉邦、寡兵も攻城も慣れたもの。まぁ咸陽まで辿り着くとまでは大口を叩けませぬが、我が手勢を以て盛大に掻き回しましょう。カカカッ」

劉邦の軽口と笑い声に諸将が纏っていた空気が軽くなり、楚王の先程の緊張も若干緩んだように見える。

旗揚げから少ない兵力で勝てずとも敗けない戦を繰り返してきた劉邦は、武信君の配下になると攻城の巧さを見せ、今やその名は楚軍でも項羽の次に挙がる。

この陽動に適任と思わせるには十分の実績がある。

しかも自前の兵のみでそれを行えるという。

劉邦のその独特の魅力に議場が呑まれたかに思えたが、項羽も譲らず豪気な戦略を説く。

「私と劉邦殿が共に行くのであれば、均した道を行くが如き。関中の城塞は灰燼に帰すでしょう。諸将が趙で秦軍を釘付けにしている間に咸陽を落とし、その後北上すれば鉅野沢での挟撃を再現できましょう」

項羽は亢父から東阿に籠もる斉を救援した際、東阿の秦軍を降すや否や返す刀で武信君を狙った章邯を背後から急襲。章邯に初の大敗を味わわせた。

劉邦の人たらしの魅力に対し、荒唐無稽な計であっても『項羽ならば』と思わせる強烈な武という魅力がある。

「ううむ……」

楚王が低く唸る。

項羽か劉邦、どちらか一人を西征させるべきか、それとも二人で行かせるべきか。

表情から迷いが漏れ出る。


その押し黙る王の愁眉を開いたのは、宋義の言葉だった。

「王よ、評議が長く続きお疲れでございましょう。またこのような重要な任、おいそれと命ずることも難しかろうと存じます。日を改めてはいかがでございましょうか」

確かに各位への任命や趙への救援、王の関中侵攻の宣言と議題が多くこの衆議は長引いている。諸将にも精神的な疲弊が見てとれる。

「ふぅむ、宋義の言ももっともではあるが……」

王は纏っていた重い気を吹き払うように、深く息を吐き出した。

人選の先送りの提案にやや気が緩んだようだが、人選に時を掛けている場合ではないと、王を始め皆が理解している。

「もちろん日を掛ければ掛けるほど状況が不利になることは承知しております。しからば王には明朝の勅言を乞いとうございます」

楚王は顎鬚を撫でつけ考え込む。

そして幾ばくかの後、思案に耽る視線を宋義に止め、頷いた。

「上将軍の献言を受け、西征の人選は明日の議で表す。他もそれに伴う事案が多い故、本日の議はここで了とし明朝また参集するよう」

楚王はそう言うと、座を立ち議場を後にした。

議場を出ていった楚王に続いて、幾人かが静かにその場を離れていく。

楚王の居なくなった議場は先程までの沈黙を破り、諸将のざわめきが混ざりあう。

そんな中、渦中の二人に人が集っている。

劉邦の側では司徒となった呂臣や、文官武官かまわず幾人かが西征に名乗り出た無謀を諫め、考え直すよう諭している。

それは楚軍の中でも慕う者が多いことを示しており、以前の沛を奪おうとしていた無頼を気取った山賊崩れではない。

劉邦という男の不思議な魅力に多くの者が気付き始めたようだ。

一方の項羽の側にも多くの人が集まっている。

劉邦の文武混合な様相とは異なり、武一色。

あの若い将軍、鍾離昧（しょうりばつ）といったかな。彼を始め、その絶大な武に憧れる者達（たち）が項羽を囲む。

こちらは止めるというよりは、項羽の武を信じて付き従う者、そして先程、王へ進言した大戦略が実現できるのか詳しく聞きたい者が集まっている感じだ。

「まだ項羽将軍が行くとは決まっておらぬ。王命が下った後、仔細（しさい）お話しいたす」

項羽は応えず、傍らに立つ范増（はんぞう）が彼を囲む諸将へ語っている。

それを無言で見守っている項羽。

いつもこんな時、自信を漲らせて大言を吐きそうなもんだが……。

項梁が亡くなったことが、項羽に何か変化をもたらしたのだろうか。

静かに、しかし常以上の鋭さを纏った雰囲気に、諸将も深くは聞けないようだ。

二つの集団を横目に、俺も議場を退出した。

項梁の死の衝撃で忘れかけていたが、俺には仕事がある。

楚王に匿（かくま）われた田安（でんあん）達をなんとかしなければならない。

平時なら令尹が最上位の役職となるのだろうが、今のような戦時であれば軍を掌握する者の方が実質的な力を持つ。

この先のことを考えると軍の頂点は項羽となるのだろうが……。

項羽は斉に対し良い印象を持っていないし、言い争った後で話し難い。

しかしそれはそれとして項羽にはちゃんと謝罪しとかなきゃな。俺も余裕がなくて、大人気ないことを言ってしまったが、早いうちに関係の修復に動きたい。

敵に回したくないって打算もあるが、なんというか嫌な奴じゃないんだよな。

真っ直ぐというか。

強引で大口を叩くが実力が伴っているし、敵も多いが部下や兵に対して面倒見のいいところがあって慕われる者には慕われている。

今も武官に偏ってはいるが、多くの人に囲まれて話しかけることができそうにない。

そんな訳で現状、楚王への繋ぎや田安達の対処を頼むなら宋義だろう。

楚王の覚えめでたく上将軍となった宋義は、長子を斉の要職へ送る約定を交わし、現斉との強い繋がりができた。

章邯の急襲による混乱の中、なかなか会談する時がなかったが今なら少しは話せそうだ。

さっき楚王が退席した後、宋義がこの場を離れていくのが見えた。

田安達の件は、人の居る所で話すことではないので都合がいい。

「宋義殿なら楚王の下へ行かれました」

宋義を捜してうろうろしていたが、すれ違う官吏を何人か捕まえて漸く宋義の居場所を知る。

王のところか。近づいても大丈夫なのか？

ううむ、王の居室から出てくるのを待つしかないか。


楚王の居室から続く廊下で宋義を待っていると、やがて目当ての宋義が数名の官吏を伴ってやって来た。

官吏は皆、年配の文官らしく、どうやらこれが宋義派の主要な集団なのだろう。

「宋義殿」

宋義は俺を認めると官吏達と二、三、言葉を交わしその輪から抜け出して、一人でこちらへ近づいてくる。

「田中殿も議が長引いてお疲れの様子。漿でも呑みながら一息つかれますかな」

柔和な笑みで部屋まで誘う宋義。さすがに察しがいい。


「いやはや楚王におかれては武信君への哀惜、此度の叙任と対秦の方計、実に心労かさむ日々をお過ごしであられる。身に余る位を賜った小職も王の煩慮の欠片でも補佑できればと腐心しておりますが、なかなか……」

一室に通され、僕人が漿を用意する間、宋義は苦笑を浮かべ愚痴とも取れぬことを語る。

「さて私に何か御用ですかな」

漿を啜り、笑みを崩さず尋ねる宋義。

俺が来た理由など百も承知だろうに。

俺も出された温いそれを一口含んで喉を潤し、口を開いた。

「楚王に匿われている田氏の件です。斉が楚と真に手を結ぶには田安達の存在が障害となること
は宋義殿も認識しておりましょう」

「ふむ」

本題を切り出した俺に、宋義は否定とも肯定とも取れる曖昧な頷きを見せた。

暫く口を噤んでいた宋義だがすぐにまた余裕のある笑みを浮かべ、一つの手札を切った。

「現斉国には吉と言える報がある。田假殿が亡くなりました」

田假が？

秦に滅ぼされた旧斉、最後の王の弟。田假が死んだ？

「楚に辿り着いて間もなく、穏やかに逝去されました。旅の疲れか、はたまたここでの生活で緊
張の糸が切れたのか。あの御仁は我が王が扶助の中で充足に暮らしており、斉へ返り咲くことを
望んでいるようには思えませんでしたぞ」

嘘……ではなさそうだ。

いつかちらりと覗いた田假はかなりの老齢だった。

楚までの長旅で消耗していたのだろう。

国の滅亡と再起を狙った反乱と壮絶な人生だったが、あの集団において田假は随分と目立たない存在だった。

そもそも彼は田安、田都と思想を同じくしていたのだろうか。

田安という兄、田建の孫に振り回されていただけなのかもしれない。

もしそうであるなら楚王の庇護の下、最後は安らかに逝けたのだろうか。

確かに田假の死去は現斉の政権にとって大きな話ではあるが、重要なのは野心明らかな残り二人の存在だ。

「王族相応の、とはいかぬが葬儀もさせて頂いた」

考え込んでいる俺に、宋義は恩着せがましくならないように簡素な言葉で語る。

聞いた相手の方が負い目を感じるような言葉選びだ。

そこが憎らしいというか、いやらしいというか。

葬儀云々で貸し借りの話に持っていかれてはまずい。図々しくいこう。

「敵対しているとはいえ田一族の最期を看取って頂き、その上送葬まで。真に恐縮いたします。

それで、残された田安と田都の様子は」

感謝の意を一言で済ませ、強引に田安達の話に戻す。

宋義は不躾な応答にやや眉を顰めたものの口には出さず、田安達について話し始めた。

「田安殿達は田假殿を看取った後、楚のために働きたいと秦の討伐を志願なさいました」

田安達は兵を手に入れたいってのと、将として使えるところを見せておき、楚での地位を確保しておきたいといったところか。

「こちらとしても将はいくらいても足りない現状。特に楚王が直接命を下せる優秀な将は少ない状況でしたからな」

盱眙に引っ込んでいた楚王の直属の兵の質は高くないだろう。

武信君の配下には精良な将が揃っているが、楚王がその将達を動かすには先ず武信君に命を下さねばならない。

楚王が、恩義ある武信君に遠慮して下知を出せなかったというのは想像に難くない。

「では彼らは今」

「西以外にも秦に与する城や日和見を決めた邑は多くある。それを巡り、楚の治下に置くことは前線で戦う軍の援けとなると田安殿は訴え、我が王もそれを善しとして兵をお与えになった」

楚王としても、地場の安定に繋がるその提案は渡りに舟だろう。

そして未だ兵を得ようとする奴らが、諦めていないのは明らかだ。

またあの臨淄での騒動を繰り返す訳にはいかない。

ここで宋義を動かさねば。

「楚王が田安達を匿う、その御心は」

俺の問いを遮り、宋義は苦笑混じりで応える。

「王は彼らに斉を継がせようと画策して保護している訳ではございませぬ。我が王は篤実な方」

そして大きく手を広げ、楚王の誠実さを語る。

「古来斉国の覇者、桓公は晋の重耳が亡命してきた折、骨を斉に埋めようと思わせるほど歓待し、手篤く養護いたしました。我が王もそれに倣ってのこと。斉の元王族として、それなりの暮らしをしてもらおうと望んでいるだけです」

桓公と重耳の話は知っている。

命を狙った管仲を宰相に任じて当時の覇者となった桓公。そして重耳は次代の覇者となった晋の文公のことだ。

斉の歴史は田広にちょくちょく教えてもらってたからな。

楚王としては本当に名君に倣ってのつもりなのかもしれないが、この切れ者の宋義には別の思惑があるだろう。

俺は気合いと共に空気を吸い込み、ふっと息を吐き出した。

「その時代は斉が覇国であり、国内が泰平であったからの桓公の行いでありましょう。そして重耳は放浪の後に晋へ戻り公位を得、覇者となりました。重耳と田安、比べるべくもない徳や器ではありますが、疑念を生む行いは避けられた方がよいでしょう」

田安が斉へ戻って王位に就くとまでは考えていないだろうが、桓公と重耳の逸話を持ち出したのは逆効果だ。

宋義の眉間に皺が生まれる。

敢えて斉に関した例を挙げたようだが、悔いているようだ。

ここで畳み掛けたいが、開き直られるのが一番まずい。

「楚王が誠実な方であるのは存じております。しかしこれは王の人となりの問題ではなく、もはや国同士の問題です。今、楚はその懐に斉を混乱させる剣を持っている。楚王がその剣を抜く気はないと仰れど、懐から光る刃が覗く者をどうして信用できましょう」

あくまで予期せぬ不慮のこと。

斉を脅かす意図を持っていないことは理解していると言明する。

しかし俺が直接、楚王へ言及すれば人格や王としての資質の否定だとされる可能性もある。

あくまで宋義から国家間の問題であると提起してもらいたい。

「宋義殿、貴方は楚王が立って以来、常に王の傍らで輔弼されてこられた方。そして此度の任命で、忠と更には軍才も認められ軍を束ねる立場となられました」

あからさまとも言える佞言だが、宋義の誇りを擽る言葉だ。

「楚の王が情に厚く、全てを懐に入れる憐れみ深い方であることは賛称されるべきで、名君の資質の一つ。ならば厳粛さをもって戹を捨て後の幸を選ぶのは、次席で治政を宰る者でありましょう」

改めて示された『次席』の言葉に喜色が鈍く光る。

項梁の亡き後、名実ともにナンバー2となったことには慊焉たるものがあるようだ。

甘い主君に諫言を呈して国を引っ張る。

宋義みたいなタイプには、理想の宰相像だろう。そしてなにより、

「長子宋襄殿が斉の重職に就かれる此度、この取捨選択は宋襄殿の働きを支援することになりましょう」

宋襄の立場が悪くなるのは目に見えている。

「……ふむ。考えていなかった訳ではないのですが王の信条に反すること故……。しかし田中殿の言葉で腹が据わりました」

「では」

宋義はゆったりと手をかざす。

「彼らには軍を預け、巡遊している最中。今すぐにとはいかぬが然るべき時に楚王に献言し、田中殿の意に沿うよういたしましょう」

まだどこか含みのある言い方だな。

「私の要望は田安達の引き渡し。奴らが楚で生きている限り、楚と斉は真に手を結びあうことはできませんよ」

俺は斉の要求をはっきりと言葉にして念押しする。

宋義は苦笑まじりに首を振り、

「私としても長子が質（しち）となることは理解している。どうかその時を待たれよ」

斉で重職に就くとはいえ、他国に一人。何かあった時はその非難を一身に受けるどころか、命さえ危うい。

それを承知の上での宋襄の出向だ。

大事な長子を人質としてでも、斉との繋がりを持とうとする野心。

空恐ろしく思う反面、だからこそこの地位にいる人物なのだろう。

「くれぐれも約定違（たが）えぬよう、お願い申し上げます」

俺は拱手（きょうしゅ）し頭を下げた。

はぁぁ、疲れたっ。

しかし田安達の引き渡しを誓わせることができた。

この件に関しては信用してもいいかな。

口約束とはいえ、宋義がこれを欺いたり、誤魔化したりなどすれば子の命に関わることになる。

流石に長子の命を天秤（てんびん）にかけることはないだろう。

しかしまぁ、田安達が素直に従うとは思えない。

逃げるとしたら……。

趙は秦軍に囲まれているし、魏は魏豹（ぎひょう）が旗を揚げて再興に奮闘しているようだが、まだ小勢力。

残るは……燕くらいか。

燕の王は韓広（かんこう）。

張耳、陳余を従えて趙王となった武臣の元配下で、燕へ派遣され武臣から独立して王を名乗った人物だ。

怒った趙に攻められたが逆に武臣を捕らえて王と認めさせ、武臣が配下の李良に殺された後も北の地で領地を守っている。

田安達を受け入れるかどうかは予想がつかんな……。

武臣と和解した後は目立った動きはとらず、自国の増強に励んでいるようだ。

どちらかといえば慎重な性格なのか。

しかし今回の趙の鉅鹿への救援には、さすがに軍を出すだろう。

秦から遠い地の利と趙という国が防壁となっていたが、その趙が落ちれば秦の脅威が迫ってくる。

　そんな時に斉と揉（も）める種を拾うかな。

燕は戦国時代、斉に内乱につけ込まれて滅亡寸前まで追いやられたらしい。

名将楽毅（がっき）によってその怨（うら）みを晴らしたとはいえ、心情を考えると関係が良好とは言い難い。

俺が田広君から有名な話だと習ったほどだから、燕の王族とは縁なく王となった韓広だって承知しているだろう。

そんな斉の元王族を匿った時の燕の国民感情を思えば、田安達を受け入れる可能性は少ないと思いたいが……。

それに燕へは趙か斉を経由せねばたどり着けない。

趙は件（くだん）の通り戦火の真っ只中（ただなか）。

斉では今でも顔が利くところもあるだろうが、監視の目の方が多いはず。

田安達が燕へ行くのは危険が大きすぎるか。

いやしかし、最悪を想定しておかないと。

「斉国内を通る方があり得るか……」

道すがら独り言を呟き、うんうん頭を捻（ひね）っていると、

「相変わらずの独り言ですね、中殿！」

よく通る声で名を呼ばれた。

別れてからそんなに時は経（た）っていないが、その声に驚きと喜び、そして懐かしさが溢（あふ）れてくる。

俺の前に現れたのは愛嬌（あいきょう）を残した涼やかな目元、すらりと通った鼻筋、紅（あか）く薄い唇に笑顔を湛（たた）えた、もう美少年ではなく美青年といっていいだろう。

斉の宰相田栄の息子、田広が喜色あらわに立っていた。

「広殿！　なぜここに!?」

駆け寄った田広の肩を摑み、笑みを交わす。

もう視線は同じくらいだ。

狄の田家は皆、背が高い。

田広の父、田栄も田儋、田横が隣にいたので高くは見えないが、すらりと伸びた背はこの時代の平均を超えている。

俺の身長なんて田広にもそのうち抜かれるだろうな。

身だけでなく心も成長を続けているであろう田広は、俺との再会を喜びながら、

「宋襄殿の入斉の確認や、楚の今後の動向を伺いに使者として参りました」

田広は笑みを収め、斉の現状を語る。

俺が旅立った後、令尹の宋義が使者となり、長子宋襄を斉に送って楚王との関係を深めたいと訪れた。

俺の文で令尹の申し出を事前に知らされていた斉の中枢は、その真意を測るべく宋義を迎えた。

「受け入れて頂けるならば、斉の言葉を直接楚王へ届けることもできましょう」

宋義の口から語られる、暗に田安達の引き渡しについても楚王へ働きかけてもよいと仄めかす

申し出。

それは楚王への別方向からのパイプとなり、最も勢いのあった項梁を楚国内から牽制できることにもなる。

そして楚への援軍を進言する田横にも強く推され、田栄は宋義の提案を受け入れることにした。

「父は一度軍を出すことを退けた手前、どこかで口実を探していたのかもしれません」

田広は父譲りの端整な顔に苦笑を浮かべる。

しかし田横が臨淄を出立し、河水沿いを兵を募りながら定陶へ向かう最中、項梁が亡くなるという事件が起こり楚軍は定陶から退却。

兵力差のある章邯の秦軍に単独であたることはできない田横は帰還を余儀なくされた。

田広は状況の一変したこの事態に楚がどう動くのか、そして宋義は変わらず宋襄を斉へ送る予定なのかを確かめるために楚へ赴いたということだ。

「皆は元気ですか」

蒙琳、田横、田栄、蒙恬。皆の顔が浮かぶ。

「はい、皆忙しくしておりますが変わらずです」

離れてからまだ数ヶ月しか経っていない斉をたまらなく懐かしく思う。

「しかし広殿が使者とは驚きました。使者ならば宋義と親交のある高陵君殿かと」

俺の何気ない一言は、田広の顔に暗い影を落とした。

「……私は暫く王の下から離れた方がよいと、父から言われまして」

田市から？　なんでだ？

田市と田広は幼い時から兄弟のように過ごしてたんだろう？

若い斉王田市の最大の理解者として、近くで補佐できるのは田広だと思うが。

田広は言おうか言うまいか、少し躊躇ったが諦念にも似た様子で口を開いた。

「王は常に私を傍らに置こうとし、どんな些細な事案でも私に問い、私の答えを王の答えとします。それでは為政者として成長なさらないと」

気が強く尊大に見えた田市は、王となって心根の弱さが露呈した。

その弱さを自覚し、自信が持てなくなってしまっているのだろう。

些事ですら田広に問うというのは、自分の意思が何処にあるのかすらわからない状態なのかもしれない。

時代が大きく揺れ動く中、田市の成長をゆっくり待つ時間はない。

荒療治ではあるが田市を独り立ちさせるため、田栄は田広を楚へ向かわせた。

「王は頑なに反対したのですが父が強く諫め、他の方も思うところがあったのか、父の言葉に異を唱える方もおらず……」

語る田広の言葉からも田栄の苦悩が垣間見える。

「私もこれを機に市再従兄上には、王としての自信を持ってもらいたく思っています。昔のように多少強引でも私を引き連れていくような、そんな王に」

自身の存在が兄貴分を煩わせたかという複雑な思いに揺れる田広の言葉。

だがそこには、田市の成長を願う期待が込められている。

少年の頃は引っ込み思案だった田広を、自信溢れる田市が引っ張っていくのが日常だったと聞いている。

咸陽への旅で後ろを付いてくるだけだった田広は大きく育った。

それは、田市には衝撃だったのだろう。

しかし、田市はまだまだ若い。

田広のように一つのきっかけで化けることだって十分にあり得る。

若いっていうのはそれだけで武器であり、希望である。

「斉王のことならば広殿、貴方が一番ご存知でしょう。その広殿がそう願い、信じているならばきっと大丈夫。それに弟分の広殿にいつまでも頼りきりなのは我慢ならんでしょう」

田市の負けん気に期待して田広を元気づける。

「はい。今度は互いの背中に隠れるのではなく、背中を支えあえる存在になりたいと願っております」

田広は俺の言葉に憂いを振り払うように笑みをつくり、大きく頷いた。

「さて、広殿が宋義殿に面会する前に伝えなければならないことが多くあります。俺の部屋で情報交換しましょう」

俺も笑顔で頷き返すと、二人で歩き出した。

「では宋義殿が武信君に代わり、軍を率いることに」

「はい、趙への援軍を編制しているところです。しかし楚王は別働隊を率いる将を項羽殿にするか劉邦殿にするかで迷っているようです」

俺は項梁が亡くなってからの楚の動きを田広に伝える。

「援軍に加えて急襲の軍ですか。武信君が亡くなり楚の意気が消沈するかと危惧しておりましたが、その勢いは衰えずといったところですか」

田広は冷静に考察するが、どこか羨むような表情だ。

「そうですね。先導者を失ったとはいえ兵力は大して失わず、楚王も健在。直後は失意に暮れておりましたが、落ち着いた今、あの事故死を章邯の手の者に依(よ)ると疑い、その仇討ちと戦意を漲らせている者も多くいます」

「楚兵の強さは秦への遺恨。また一つ戦う理由を積んだようですね。我が軍は……言い方が悪いですが、怨みが弱いのかもしれません」

自軍と楚軍を比較して、形の良い眉を歪(ゆが)ませる。

「もちろん怨みだけが人を動かす訳ではないでしょう。斉には斉の戦い方があるとはわかっておりますが、楚兵の精強さを目の当たりにするとどうしても比べてしまいます」

秦との戦績を見れば、斉国内の邑を各々解放してはいるものの、主戦では魏への援軍を出すも章邯に急襲され前王田儋を失い、楚の力を借りて漸く追い払った。

あの敗戦が祟り、楚のように時勢に乗れずにいる。

田広の焦りはよくわかる。

しかし秦の章邯のように大勝負を押し切り、実戦の中でふるいに掛けて残った者を強兵にと育てるような数に任せた戦術は採れない。

「蒙恬殿も仰っていましたが、兵は自覚と自信で大きく変わります。しかし兵力の整わぬ今、博打を打つ訳にはいきません。横殿や蒙恬殿の下、地道に鍛え上げる道が結局は一番の近道でしょう」

俺は臨淄在中時、蒙恬がよく言っていた言葉を田広に投げかける。

訓練を重ねて兵としての自覚を持たせ、小さくとも勝ちを重ねて軍としての自信を芽生えさせる。

楚兵も元は項梁が会稽郡で地道に集めた集団だった。地方での戦勝で人を集め、徐々に規模を拡げて満を持して江水を渡ったのだ。

「わかってはおるのですが……。っと、申し訳ございません。この場で語っても詮無きことでしたね」

そう言って深く息を吐き、気持ちを落ち着けようとするこの美麗な青年も机を並べて軍学を学んだのだ。

頭では理解していても離れぬこの焦燥の心は、田広だけでなく斉の者皆が感じていることかもしれない。

「意外と勝ち続ける者は一度の敗けで大きく崩れるもの。反して地力をつけた者は倒れる間際でも踏ん張れます」

深く考えずに吐いた言葉だが田広は大きく頷き、叔父譲りの人の安らぐ笑顔をつくった。

第20章 出陣

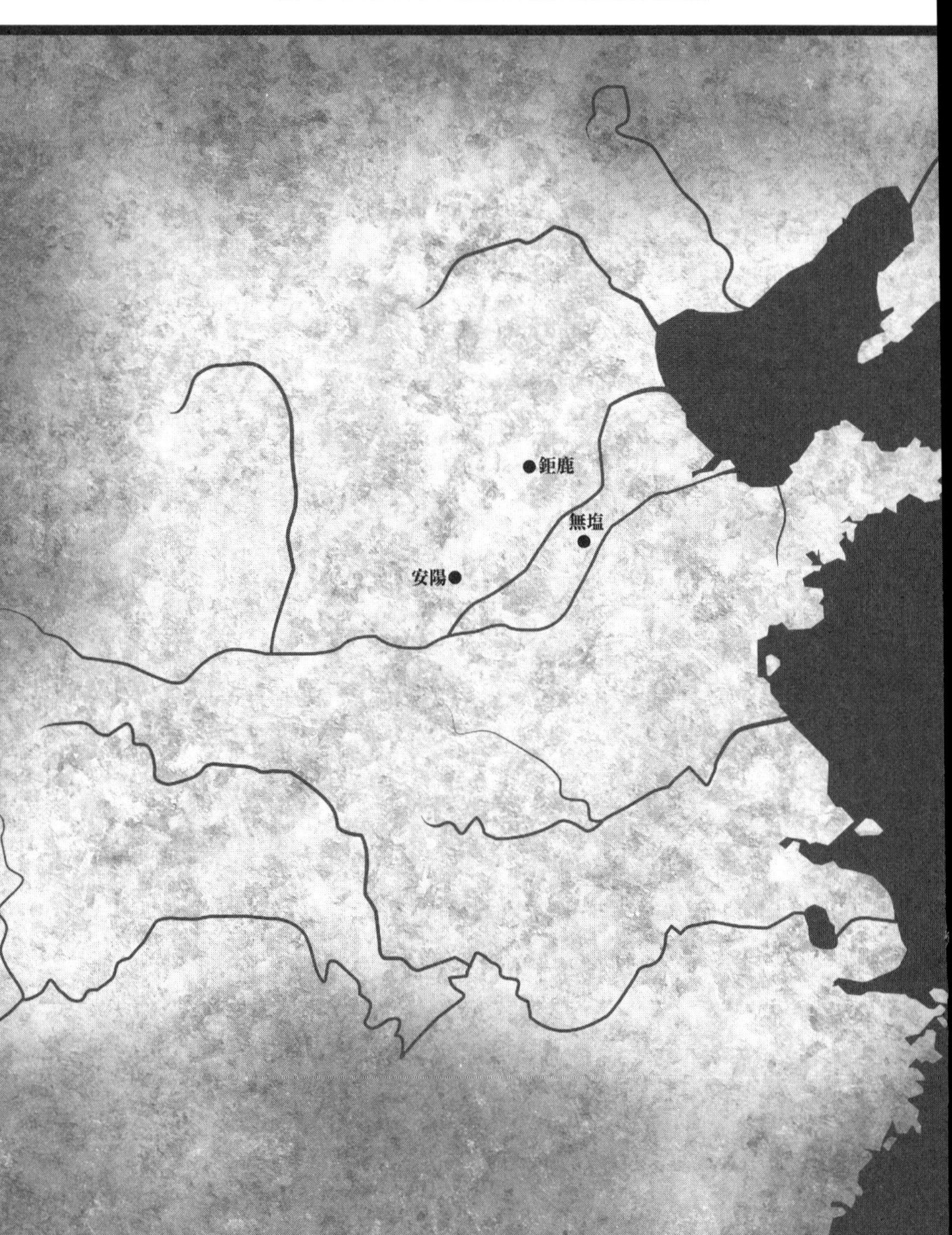

趙救援の主力軍は準備を慌ただしく整えていく。

別軍で秦の首都咸陽を目指す劉邦軍は早々に編制を終え、いつでも出立できるという。

そんな中、忙しいはずの劉邦が俺を訪ねてきた。

「よぅ、準備は進んでるかい」

「劉邦殿」

これから長く険しい戦いに身を投じることになるはずの劉邦だが、そんな緊張感は感じさせない。

「そうですね。ほとんど準備は終えました」

「そうか、じゃ早めに来いよ。蕭何もまだ色々聞きたいことがあるって陣で待ってるからよ」

挨拶にってことか？

さすがの劉邦もこれが今生の別れになるかもしれんと考えているのか。

確かに厳しい戦いになるだろう。

「わかりました。後ほどご挨拶に伺います」

「お前が合流次第出るから」

「そちらのご無事をお祈りし……合流次第？」

「ん？」

「ん？」

どうにも噛み合わない会話に互いに首を傾げる。

しかしすぐに劉邦は食い違う理由に気付いたようで、苦笑いで手を打った。

「そうかそうか。まだ令が来ていないのか」

劉邦は一人納得したように首の後ろを擦る。

んん?

「ちと気が急いてしまったようだな」

嫌な予感しかしないな……。

俺の肩に大きな手を置いた劉邦は、素晴らしく良い笑顔で言う。

その笑顔が怖い。

「田中はこっちだ」

こっちってどっち?

そっち?

いや、聞いてないよ!

俺西行軍なの? 俺、関中目指すの!?

「いや急な話だったがな、范増の爺さんに要望したら思いの外すんなり受け入れてくれてな。項羽殿や上将軍殿にも話を通してくれた」

いや急過ぎだよ!

「前も言ったけどよ、うちにゃ将はいるんだがここを使える奴が少なくてな」

そう言って頭を指で叩く劉邦。

戯けた態度だが若干の哀愁が見える。

その要因は、劉邦の傍らにいるはずの美女男、張良の不在。

俺が楚を訪れた時点で、その姿は見当たらなかった。

その事を劉邦に尋ねると、

「ちょっとな」

そう寂しげな笑顔で言い、それ以上聞くことができなかった。

反目して離別って訳ではなさそうだったが、別行動でもとっているのか、それとも歴史が変わって袂を分かったのか。

そんな訳で劉邦には現在参謀が不在。

しかしその代わりが俺ってのはちょっと、いやかなり、大分、大きく荷が重い。

担いだ瞬間潰れるよ！

「別にあいつの代わりをしろなんざ思っちゃいねぇよ」

俺の考えを読んだのか、劉邦はそう言って俺の肩を強く揉む。

痛いよ！　今潰れるよ！

痛がる俺を見て嬉しそうにニヤリと笑う。

「お主も、ちと距離を開けてほとぼりを冷ました方がいいだろう？」

そう言って肩から手を離し、片眼を瞑る。

誰との距離かは言わずもがな。

楚の本軍の次将。荒ぶる若き猛将とのいざこざを劉邦も知っている。

うっ……。

そうやって肩より痛いところを……。

有耶無耶にするのは善くないが、確かに互いに冷静に話せるよう、時間は必要かもしれん。

范増もその配慮から、劉邦同行を許可したのだろうか。

それに現在、楚に席を置いている俺が西行を拒否したって覆らないだろう。

さらには確かこの遠征が劉邦の隆盛を決定づけるはず。

そこに関わることができれば、斉の田氏の未来も変わるかもしれない。

そう思えば悪いことではないかもしれん。

過酷な路なのは間違いないだろうが……。

「すぐに正式に令が来よう。諦めて一緒に楽しい楽しい旅に出ようじゃねぇか」

全然楽しくなさそうだよ。

劉邦は俺の嘆息にカカッと笑ったが雰囲気を一変させ、いつになく真面目な顔で俺に問うた。

「なぁ田中よ。此度の人選どう思う？　項羽殿が外れ、俺のみが選ばれた由は」

「それは……」

俺は言い淀むが、劉邦は黙って言葉を待っている。

その沈黙は答えるまで続くだろう。

俺は言葉を選びながら話し始めた。

「できるだけ民を害さず、楚軍の風聞を損なわぬためかと」

関中までの道程、武で切り開くのであれば項羽も選ばれただろう。

しかし、すでに項羽は恐怖の対象として広く知られており、駆け抜ければ足跡以外何も残らぬと言われている。

たとえ項羽と劉邦の二人を派遣したとしても、立場的にも劉邦が項羽を止めることは難しいだろう。

楚軍を見れば民が逃げ出すような事態になれば、その後の統治が滞る。

それが劉邦のみとした要因の一つだろう。

しかしこれでは納得しないのか、沈黙は続く。

他にも考えられることはあるが……。

俺が言い淀んでいると、劉邦は沈黙を皮肉な笑みに変え、自身で答えた。

「俺なら死んでも、かまわんといったところか」

劉邦は元からの楚の将ではない。

有能な将ではあるが、楚国に縁もゆかりもない劉邦ならば捨て石にしても影響は少ない。

劉邦は自虐的な笑みを収め、再び真剣な眼差しで俺に問うた。

「俺は関中に届くと思うかい？　如何にすれば生きて咸陽の土を踏めると思う？」

これは問いというより……。

劉邦にしては珍しい鬼気迫るような表情に釣られ、俺も真摯に言葉を紡ぐ。

「それは先程語った項羽殿が選ばれず、劉邦殿が選ばれた訳に答えがあるのではないでしょうか。貴方にはその図々し、いや人の懐に飛び込む気安さがあるではありませんか。沛の時のように武だけでなく人の心を攻めれば、幾多の城門も開かれるのでは」

俺の言をゆっくりと噛み締めるように聞く劉邦。

「……そうだな。世の中は敵と味方ばかりではない。どっちに転ぶか迷っている奴も居る」

そう自分に言い聞かせた後、カカッという笑い声と軽口を叩く。

「となればお主にも、沛の時のような華麗な奪取劇を期待せねばなぁ」

「また殴られて昏倒するのは御免です。他の人でお願いいたします」

いつもの砕けた雰囲気に戻った劉邦に俺も軽口で返す。

本心だけどな。

それにニヤリと口を歪ませた劉邦は何かを思い出したように顎を擦った。

「そういえば中々の規模の湖賊が居るらしい。のらりくらりと官軍を避けながら、今は頭目の故郷の昌邑辺りに身を潜めているそうだ。そいつらを巻き込めば楽になるか」

反乱軍も賊も大して変わんねぇからなと言う劉邦に、俺は嘆息する。

あんたに巻き込まれる方はたまったもんじゃないよ。名も知らぬその賊に同情するわ。巻き込まれた経験者として。

「頭目の名はなんだったかな。ほ、彭……？　まぁ、蕭何や曹参に聞きゃわかるか」

……それ、俺も名を知らぬ湖賊だよな？

俺の知ってる湖賊の頭目はあれから音沙汰ないが、大丈夫なのだろうか。

まぁ簡単に捕まるような男じゃないか。

そのうち飄々と取り立てに来るだろう。

「じゃあお主が俺らに合流次第出るからよ。令が届いたら荷物担いですぐに来な」

そう言って出ていく劉邦と入れ違いに官吏がやってきた。

計ったようなタイミングだな。

田横達とは合流できそうにないが、本軍に付いていくよりやれることがあるかもしれない。

官吏の命を読み上げる事務的な声を聞きながら、俺は関中を目指す途上で斉が絡める可能性を探る。

どこかで抜け駆けして、田横が劉邦と共に咸陽に入ることができれば或いは……。

官吏を見送った俺は軽く頬を叩き、荷物をまとめる作業に戻った。

彭城の城外。

趙救援に向かう本軍の準備に奔走する兵達。

それを彭城の城門の上から眺めている項羽は一言も発さず見守る。

「此度の人事、未だ不満を抱えておるのですか」

誰もが話しかけるのを躊躇う沈黙の項羽に、范増が近づきその背中に尋ねた。

「いや、それはもうよい。が、あれは」

振り返ることもせず答えた項羽は、范増に尋ね返す。

「上将軍の兵站ですな」

項羽の視線の先には上将軍、宋義が乗るのであろう豪奢な馬車。そしてそれに続く車には大量の塩漬肉や干し肉などの食料、恐らく酒であろう瓶などがまるで宴の準備をしているかのような賑々しさの中、運ばれている。

もちろん大量といっても兵全体を賄う量ではないのは一目瞭然。兵達の労いや褒賞として出されるとしてもあまりに少ない。

「……」

それを薄く開いた目で見る項羽は、やはり無言。

項羽は変わった。

豪快な快活さは影を潜め口数は減り、その鋭い眼は冷ややかだが強い光を宿すことが多くなった。

以前のわかりやすく猛々しい若者から、多くは語らぬが獰猛さの滲み出る男に変容しつつある。

(亡き叔父、項梁のような人物になろうとしているのか)

「何を、お考えですかな」

范増は読めなくなった項羽の脳中を問う。

漸く振り向いた項羽が范増に向ける敬愛の眼差しは変わらぬ。

しかし意志の宿るその瞳は、以前よりも強く眩いているように見えた。

一方の范増の心は冷めかけていた。

打倒秦、楚再興の首領に相応しいと思われた武信君項梁は逝った。しかしながらその道筋は通った。

もうこの老骨がでしゃばらなくとも時勢という大河は秦を洗い流し、新たな時代が来るだろう。

(居巣へ帰るか)

故郷の居巣で隠棲し、余生を過ごす。

大きな何かを成したわけではなく、燻ったものを抱えたままではある。

だが最大の理解者であった項梁亡き今、何か成せることがあろうかと胸の燈火に諦観の砂がかけられ炎は小さくなっていく。

范増は槁木死灰の余生を想像し、寒々しい思いを抱いた。

そんな范増に項羽は、はっきりと言い放った。


「范翁、私は王にならねばならぬ」

今までのような粗暴な軽さはなく、重く芯のある言葉。

乱暴な上辺の大言ではないその言葉は忸怩たる思いを抱く范増を震わせ、その肌を粟立たせた。

天からの責務のように語った項羽に、今まで通り纏う武威と今までにない尊厳を感じる。

（此度の苦難でこの若者の器は一段、いや一足飛びに大きく広がったのやもしれん）

項梁を超える傑物になるかもしれない。

愚直で粗暴であった若虎が見せた成長の片鱗は、范増の消えかかった心の炎を強く吹き付ける。

（この若者を真の王へと導く。それを成せば充たされて黄泉へ逝くことができるかもしれん）

范増の燈火は再び揺らめき、燃え上がった。

そんな予感に昂る思いを抑えるように腕を擦り、努めて冷静に応える。

「ならば素早く行き、素早く勝たねばなりませぬ」

項羽は頷く。

「趙を囲む章邯、王離の軍を片付け、その勢いのままに咸陽に攻め込む」

さも容易な道筋だと言わんばかりに簡潔に語る。

そして項羽は再び準備に追われる城下に視線を落とし、今度は自軍に目を向ける。

簡素な革鎧を纏い、誰もが何かを運んでいる。

宋義の直属に比べ、貧相な黒蟻のように見えるが機敏に無駄口なく働くその姿は気力に溢れている。

一番に関中入りした者を王とするという楚王の宣言。

最短の路は劉邦に譲ったが諦めた訳ではない。

兵数、行程、士気。

最短が最速ではない。

「報われるべき者が報われねばならん」

自軍の兵達を見下ろし、項羽は呟いた。

項梁、項家、配下の将、兵、そして自分自身。

この若者のいう報われるべき者とはどれほどの者で、どれほど報われるべきなのか。

ふと范増の脳裏を過ったが、項羽の駆ける先に王へと続く道標を立てるべく頭を切り替えた。

先行して出陣する劉邦軍に同行することになった俺は、腹を括って劉邦軍を訪れた。

「この軍は睢水沿いを行くのですか？」

出発前に劉邦に問うた。

彭城から真っ直ぐ西へ進めば睢水があり、その河沿いにも多くの邑が存在する。それを落としながら咸陽を目指すのだろうかと予想した。

「いや、上将軍からの要請で先ずは泗水沿いを先行して救援軍の露払いだ。こちらは主力軍と違ってそこまで急ぐ旅って訳でもないからな。鉅野沢周辺を均しておいてくれだとよ。簡単に言ってくれるぜ」

劉邦は宋義の顔を思い浮かべ、大袈裟に顔を歪ませた。

相変わらず宋義にはいい感情を持っていないようだ。そういえば宋義の方も劉邦を侮っていた感じだったな。

それは置いておいて鉅野沢となれば彭城からほぼ北。北西の鉅鹿へ向かうならば鉅野沢の西側を通っていくのが最短ルートか。

「ということは救援軍、あ、いや卿子冠軍は北から鉅鹿へ向かうということですかね」

「その辺りの上将軍様の考えは解らん。大方また腹に一物抱え、長い舌を振るうつもりだろうよ」

俺の予想に劉邦は首を振り、そう言って顰めた顔から舌を出してみせた。

そういった訳で鉅野沢周辺に侵攻した劉邦軍はいくつかの邑を苦もなく落とし、次の目標を昌邑に定め、劉邦がちらりと言っていたその付近にいる大賊を取り込もうと、その賊の長と面会することになった。

そこで待っていたのは。

「おや絶望殿、青二才から乗る馬を変えたのか」

鋭い目が細く歪み、皮肉めいた言葉と薄く笑う口。

再会の一言目がそれ。

「離れてこそやれることもあります」

「わかっておる。そうムキになるな、冗談だ」

そう底意地の悪い笑みで相変わらずの憎まれ口だ。

劉邦の言っていた湖賊の長とはやはりというかなんというか、俺の知っている皮肉屋で嫌味で鋭敏な男、彭越だった。

田横と縁深く、趙高に処刑されそうになった蒙恬救出を手助けしてくれ、蒙琳さん誘拐の時にも世話になった男。

ついでに俺の蒙琳さんへのプロポーズを盗み聞きしていた男。

その後も様々な所で漁師として、そして秦に仇なす義賊として活動していたようだが、章邯が秦軍を率いることになって以降、状況は一変したようだ。

次々と反乱軍を掃討していく章邯は、もちろん賊も許さない。

彭越も咸陽に近く締め付けが厳しくなった安邑から離れ、故郷昌邑へ戻ってきたのだろう。

「この辺りが故郷だそうですね。ここにいるということは、咸陽辺りは動き辛いですか」

彭越は俺の小さな嫌味も意に介さず、さらなる嫌味で返す。

「秦の無名の将軍が次々と反乱軍を潰していったからな。どこぞのなんたら君まで死んで、さらに調子付いた」

おい、それは。

「むさ苦しい賊風情が。言うじゃねぇか」

項梁の死を当てこすられ、今まで黙って聞いていた劉邦が口を開いた。

彭越を睨みつける劉邦。

その眼光は生まれ持った存在感に加え歴戦を駆け抜けた自信と風格が合わさり、人を自然に従わせるような凄みを纏っている。

俺と駆け引きをした沛を取る前の、山に籠もっていた時の比ではない。

彭越さんよ、蒙恬の時に何も学ばなかったのか？

その悪態も健在ですね！

劉邦の後ろで控える護衛の樊噲達も物々しい雰囲気を即座に感じ取り、殺気を匂い立たせる。

その風に当てられ、彭越の細い目が僅かに見開く。

彭越の手下達もその場から動きはしないが身体の重心を落としたか、衣擦れの音が僅かに聞こえた。

一触即発のこの状況。

俺の胃はキリキリと痛む。ぼろ雑巾みたいに捻じ切れそう。

しかし彭越はここで怖じ気付く男ではない。

飄々とした態度を崩さず、劉邦を観察している。

劉邦もそんな殺伐とした様子を理解していながら、警めを口にする。

「さっきの言葉、ここに来たのが俺でなければお主の首は床に転がっていたろうよ。武信君を貶めるのは止めろ」

その命令口調に彭越の手下がさらに殺気立つ。

しかし背中でそれを感じたのか、彭越は片手を挙げて制す。

「思ったことがそのまま口に出る性質でな。以前そこの大公絶望殿にも諫めの言葉を頂いたよ」

彭越から急に振られた俺はビクリと背筋が伸びる。

捻れた胃に収まっていた朝飯が逆流してくる。

「田中、お主こんなはずれ者達とも顔見知りなんざ存外顔が広いな。が、大公？　絶望？　てなぁ……」

もうそれはスルーしてくれ。

しかし間抜けな渾名のおかげで若干、場が緩んだ。

俺は慌てて口の中に戻ってきた朝飯を一口に呑みこむ。

「まぁその名は置いておいて。こちらの彭越殿は田横と浅からぬ縁がありまして、その関係で幾度か助けて頂きました。彼らは賊と申しても秦の官兵を襲うことしか致さぬ義賊。彭越殿、こちらは……」

互いを紹介しようとする俺の言を彭越が遮る。

「沛公か。わしと変わらん賊紛いの男が天の佑けか、人の情か、今や楚国の名将様か」

だから！　余計なことを口にしないで……。

今度は劉邦の後ろから殺気が昇り立つ。

殺気渦巻く沈黙が重い。

気絶しそう。てか気絶したい。

あと一言。

なにか火種になる言葉が投げかけられたなら、この場は乱闘になる。

「カッカッカ！」

皆が感じるその空気を吹き飛ばしたのは、劉邦の豪快な笑い声だった。

「賊紛いだったのは違いねぇな。まぁ日頃の行いだな」

劉邦はニヤリと鬚を擦る。

「日頃の行いが善いのは変わらぬはずだがな。わしには運がないと見える」

彭越もニヤリと口端を緩めた。

二人とも高すぎて手が届かんほど自分のことを棚に上げてよく言うよ。

このひねた口は治らんと諦めるしかないのか。

だが早くもその彭越の性分を理解したのか劉邦は皮肉を持ち前の気安さで切り返し、彭越との距離を縮めていく。

「その運を運んで来てやったのよ。出没自在の賊であろうと、孤軍で秦に当たるにはそろそろ限界だろう。何処かの下に付いてでも手下の腹を満たさにゃ頭の面目が立つまい。なんせ俺がそうだったからな」

「確かに食わすのは頭の務めだ」

部下に対する考え方。頭目としての役目。

方法は違えど通ずるものがあるのか彭越はそう言って頬まで生えた鬚を擦る。

もう一押しか。

俺はふっと息を吐き出し、彭越に語りかける。

「彭越殿、この辺りも秦軍に押し込まれましたが楚軍が再び攻勢に出ます。そろそろ本腰を入れて反秦を掲げるならば、この機を逃す貴方ではないでしょう」

このまま劉邦の傘下に収まるとは思えないが、彭越は合理的な考えの持ち主だ。

「劉邦殿は先程ご自分で語ったように楚軍では異色の人物。自身も無為無形から始まった故、貴賤の区別なく人を量ることのできる器の持ち主です。貴方とうまく連携できる数少ない人物の一人かと」

数少ない内のもう一人、俺が最も信頼している人物と連携してほしかったがな。この場にいないから仕方がない。

しかし目指すところは同じ打倒秦。またいつかその日が来るんじゃないかと思っている。

「主軍が鉅鹿へ行くにも俺達が西行するにも昌邑が邪魔になる」

劉邦が昌邑攻略の目論見を語る。

しばらく無言で顎を擦っていた彭越だったがやがて諦めたように溜め息を吐き、その口を開いた。

「昌邑は城壁も高く、攻め落とすには時が掛かるぞ」

「だからこそお主らの出番があるってことよ」

ニヤリと人好きする笑みを浮かべる劉邦に、皮肉な笑みを返した彭越。

互いの品定めを終えたとばかりに先程と打って変わって協力に前向きな会話が繰り広げられる。

なんというか、どこか似た匂いのある二人は胸襟を開いたように打ち解けていくように見えた。

薄々本気じゃないのはわかってたけど、ほんと止めてくれよ、そういう試し方……。

こっちの身が持たん。

劉邦、彭越二人の後ろに控えていた部下達からもほぅと胸を撫で下ろす声が聞こえる。

配下の人達も気が気じゃないよな。

そんな思いをよそに、昌邑攻めの話はまとまったようだ。

劉邦らと協議していた彭越がふいにこちらに顔を向け、ひらひらと手を出す。

「おい、ところで絶望」

なんだ？

「あの時の銭、まだ受け取っておらんぞ。斉からも楚からもたんまり貰ってんだろう」

今かよ！

……あの、いや、遠征中だし、もうちょっと待ってくれませんかね。

それに斉の職は辞してきたし、楚からはまだそんなに。

「なんだ田中、賊なんかから銭借りてんのか。小銭を借りるから催促されんだぜ。借りるときゃ大銭借りるのが肝だ」

違うよ！　借金じゃないし、その借金の肝もなんかおかしいよ！

「なんなら俺が立替えといてやろうか？」

余計怖い気がするから止めときます。


「咸陽にいる者達は貴方方の奮戦を観(み)ておりますか？　ここ昌邑を援(たす)けに駆け付ける軍はいるでしょうか？」

門前で呼びかける俺の言葉に唇を噛む昌邑の兵達。

「我らの後方には卿子冠軍も控えております。どうかご英断を」

だがそれでも「降(くだ)る」という言葉は城壁から降ってはこなかった。


彭越と協力関係を築いた劉邦は昌邑を攻めた。

兵を使って包囲戦を繰り広げながら、裏では彭越達を使い内部から混乱を謀る。さらには降伏勧告の使者を送って懐柔する。

その使者というのは、使えるものは何でも使う劉邦に命じられた俺である。

まぁ攻城戦に参加するより自分らしい仕事を任せられて内心ホッとした。

その降伏の説得だが、聞き入れられなかったが守将には迷いがあると視た。

そう報告する俺に、劉邦は渋い顔で顎鬚を擦る。

「彭越の言うように昌邑は堅城だ。さすがにお主の口車でもそう簡単には落ちねぇか。まぁまぁ、ある程度踏ん張らにゃ守将も言い訳もできぬし、援軍も望めぬこの状況、そうは持つまいよ」

そんな多角的な攻めに昌邑は堅く門を閉ざし耐えてはいるが、城壁に白旗が揚がるのは時間の問題に思えた。


劉邦が昌邑を囲みその兵を閉じ込めている合間を縫い、楚の主力軍である卿子冠軍は進軍を始めた。

しかしなぜか鉅野沢の南、安陽まで達すると完全に足を止め、陣を敷いて腰を落ち着けた。

上将軍宋義率いるこの軍は、張耳と陳余、そして二人に擁立された趙王が籠もる鉅鹿への救援が目的である。

「なに考えてやがんだ。あの上将軍様は」

宋義の指示通りに鉅野沢周辺を均している劉邦は、怒りを隠さず悪態をつく。

「なんであんな所で足踏みしてんだ。宴でも張ってんのか?」

そして未だ劉邦軍と昌邑との睨み合いが続く中、漸く動き出した卿子冠軍は鉅野沢の東側を北上し始めた。

鉅鹿へ向かうはずの宋義の軍は、安陽から鉅野沢の西側を通り河水(かすい)を渡るのが最短であり、常道と思われる。沢の東を北上するとなると、大きく回り道になる進路である。

しかも宋義は北上を止めず、ついには斉の領地である無塩(ぶえん)まで進み、漸くその足を止めた。

「おいおい、あいつらはどこへ行くつもりだ。軍全体が酔っ払っちまってんのか」

秋はすでに去り、季節は冬を迎えている。

人々の身体を濡(ぬ)らした長雨は、そのまま心まで凍えさせる雪へと変わろうとしている。

劉邦の困惑した呟きは楚の未来を厚く暗い、見通しの利かない雪雲を連想させた。


「その大きな手は牛にたかる虻(あぶ)は打てても、その毛の中にいる虱(しらみ)を殺すことはできぬでしょう。秦という憂苦(ゆうく)を元から絶つには、秦軍が趙に勝ったならば戦いで疲弊したところに乗じればよく、負けるならば鼓行(ここう)して西へ向かい関中を攻めればよい」

安陽での長き駐留の最中の軍議で挙がった『次将項羽は迅速に進軍し趙を救うべし』との項羽を始め、諸将の進言に宋義は答えた。

「救いを求めてきた趙を見捨てるおつもりか」

宋義の煙(けむ)に巻くような回答に、項羽は低く静かに食い下がった。

冷酷に見えても頼られれば懐深く迎えるのが項羽である。

「鎧を着込み戦うのは若い貴方に及ばないが、それだけが戦ではない。座して大局を読み、策を巡らせるのも戦。それについては私の方が長じている。下がられよ」

宋義が毅然とした態度で項羽を退けようとしたその時。

その場の誰もが項羽から強い感情の爆発を感じた。

項羽は言葉を発してはいない。ただ確かにそれは全身から噴き出していた。

重く渦巻く憤りのような気配にあてられ、後退さりそうになる宋義であったが、肚に力を込めて揺るがず、言葉を続けた。

「主将と次将の意思が揃わぬと兵が混乱する。……以後の異見は控えてもらおう」

軍議中にも拘わらず議場を去ろうとする項羽の背中にそう投げかけた宋義は、他の将の顔を見回す。

「諸将も同様である。楚王から兵を預かったのはこの宋義である。我が命に従わぬならば厳罰に処さねばらん」

項羽の圧に気後れしたことが宋義を苛立たせたのか、僅かに感情的になった宋義の声が議場に響き、軍議は白けた空気に包まれた。


一月以上の滞陣の末、漸く安陽を出た卿子冠軍は北上を始めた。

但し、鉅野沢の東を廻る進路で。

忠言を封じられた諸将は、不満を溜めこみながらも進むしかない。

次将である項羽も例外ではない。

そんな声を掛けるのも憚られる気配を纏ったままの項羽に、その男は呼び掛けた。

「項羽将軍」

「……お主は」

宋義すら怖気づいた項羽の眼力と気配に男の背中に冷たい汗が流れる。

しかしその男はそれを顔には出さぬ胆力を持ち合わせていた。

「田都と申す」

「……楚王に匿われていた斉の田氏か」

「いかにも。斉のあるべき姿を取り戻さんと模索し、楚の仁慈で生かされておる田氏の一族でございます」

田都の名を聞いた項羽は興味を失い、歩き始めた。

「お待ち下され」

「斉人に用はない」

田都はその歩みに随従し、項羽の気を引こうと過去を持ち出す。

「景駒を武信君が誅した折、書簡を送ったのは私でございます」

楚王を僭称した景駒を項梁は認めず、これを討った。

その戦いで景駒の客将であった田都は秘かに項梁へ書簡を送り、戦わずして離脱することを告げ、景駒軍の大敗の一因となった。

「恩を着せ、取り入ろうというのか」

歩みを止めぬ項羽の冷めた声に憤怒の気配が濃密に漂い、田都の顎に汗が滴る。

「そうではありませぬ。あの時の項羽将軍の戦ぶりに感銘を受け、楚王へ再三将軍の下で働きたいと願い出るも許しが出ず、こうして秘かに参った次第」

戦場に向かう今、なぜこの時にこの男は会いに来たのか。

煩わしくなった項羽は田都の意図を問う。

「……何が言いたい？」

田都は意を得たりと表情を緩めそうになったが、この猛虎の前で失言をしないよう慎重に本題を切り出した。

「宋義が安陽から動かなかったのも今あらぬ進路で北上しているのも、全ては一族と利己のため。長子宋襄を斉の要職へ送り出すためだけに今から斉領へと向かおうとしているのです」

「……斉軍と合流するのではないのか」

項羽はこの不可解な北上に敢えて理由をつけるならば、斉軍と合流してから秦軍にあたるためという独自の結論を出していた。他国の軍も従え、卿子冠軍の装飾として他国の軍も従えて行くというのは、いかにも宋義の考えそうなことであると。

趙を見捨て、弱兵の斉兵を多少加えても章邯率いる秦軍との戦闘に役立つとは思えず、到底納得できるものではない。しかしそうならば多少の戦力的意味もあると項羽は煮える腹に蓋をしたのだ。

「偽の斉と宋義の我欲を断ち切らねば、楚を害しますぞ」

憤怒の牙を生やした猛獣の口は激しく軋み、その鬼気に触れた田都の身体は戦慄し、この男には及ばぬという敗北感と畏怖を植え付けた。

「妙計がございます」

それでも田横や蒙恬、彭越などと渡り合えるほどの武人である田都は、動揺を表に出すことなく、項羽の耳に謀略を聞かせた。

結局卿子冠軍は斉領である無塩まで行き、そこでまた陣を張った。

項羽が考えていたように、諸将はここ無塩で斉軍を出迎え合流するくらいしか来た理由が思い浮かばない。

趙を救う気のない宋義に不満を募らせているが口を噤んでいる。宋義の耳に入れば斬罪に処される。

「なんなんじゃ、この軍は！　なぜ斉の軍を迎えに来ねばならん！　斉の兵は路も知らぬ孺子か！」

将の末席である范増などはその額に青い血管を浮かび上がらせて、宋義の耳に届かぬところで当たり散らしている。

項羽は真実を確かめようと、黙して無塩まで従った。

田都という男の話は戯言なのか。

宋義は我欲に溺れた狡狸であるのか。

彭城を出る前、田中は定陶へ行くはずであった田横の軍は恐らくそのまま趙の救援軍となるだろうと言っていた。

私が田横ならば、このような牛の歩みの軍を待たず趙へ行く。

別軍が来る可能性がない訳ではないが、斉にはその余裕がないとも聞いている。

となればやはり……。

田都が語る田安という前斉王の直系が謀ったという策略。

それが成れば田中は斉へは帰れぬだろう。

そうなれば楚に留まるだろうか。

いや、軟弱に見えて強情な男だ。恐らく楚を出ていくであろう。

范翁は随分気に入っているようだが、別に構わん。あの手の者は范翁だけで十分だ。

奇妙な縁だったがここで切れるのも天命だ。

項羽は獲物を狙う虎のように、静かに時を待った。

冷たい雨に打たれる無塩の陣に、軍中とは無縁のはずの歓声が聞こえる。

宋義が斉へ行く長子、宋襄のために送別の宴を開いているのである。

上将軍である宋義の招きを断ることもできず、将全てが参加している。その中に項羽の姿もあった。

宋義としても周囲の不満に気付かなかった訳ではない。

この大宴会は諸将の機嫌を取る意味合いも含まれている。

「この宴が終われば我が子は臨淄へ発つ。名残惜しいが宋襄が斉で宰相にでもなれば、楚の権威はまた一段と高くなろう」

彭城で積み込んだ大量の肉や酒を振る舞い、上機嫌の宋義。

その姿に嫌気が差し、項羽は席を立った。

「気分が優れぬゆえ、退席させて頂く」

返答を待たず帳幕を出た項羽に冷ややかな視線を送った宋義であったが、またすぐに楽しげに杯を傾け始めた。

背に喧騒を受けながら戻る項羽の目に映るのは、この冬の雨中に働く兵卒達。

凍える寒さの中でもその場を動かぬ見張りの者。

濁った湯のような薄い粥をありがたそうに啜る者。

何かを運び込み、濡れた着物の端を震えながら絞る者。

冷たい雨の中、項羽の頬が熱く濡れる。

「宋義の座して巡らす策とはあのような腑抜けた宴のことか。ここまで愚かとは思わなんだ」

いつの間にか後ろには范増が追従していた。

彼もあの下らない酒宴を途中で引き上げたのだろう。

「范翁、明日だ。後の始末を頼む」

「あいわかった」

一瞬目を見開いた范増であったが即答で応じた。


明朝、涙と怒りで目を赤く染めた鬼人が、宋義の帳幕の前に現れた。

荒々しく侵入した項羽に宋義は得意満面、両脇に護衛を立たせ剣を手に待ち構えていた。

「おまえの考えなど、おみと……」

宋義が言い終わる前に項羽の剣が煌めき、その首は胴体から離れた。

その身体が崩れ落ちる間に左右に剣を振った。

静かになった帳中、首を拾った項羽はすぐさま将を召集した。

「この首は社稷（しゃしょく）の臣にあらず」

猛獣の咆哮（ほうこう）のような大声で宣言した。

その宣言に老齢とは思えぬ張りのある声で范増が続く。

「宋義は楚王に叛（そむ）き、利己に奔（はし）った。項将軍は秘かに楚王の命を受け、これを誅した」

あからさまな弁明である。

しかし宋義の首を高々と掲げた項羽の姿は畏れと気高さを放ち、逆らう者はいなかった。

「初めに楚王を立てたのは将軍の項家です。今将軍は反乱を収められた」

将の一人がそう言って膝を折り、拱手（きょうしゅ）すると将は皆それに倣（なら）った。

「反乱者の一族、宋襄を討つ。斉に行かせるな」

項羽の命に弾（はじ）かれたように立ち上がった将達の行動は迅速であった。

すぐさま騎兵を編制し、無塩を発った宋襄の一団に追いつくとこれを急襲して討伐した。

范増も動く。

速やかに楚王に向けて使者を立て、

「王の命の通り、項羽将軍が趙を救わぬ逆賊宋義を討ち果たしました。現在仮の上将軍として項羽将軍が諸将をまとめております。次将であり功を上げた項羽将軍に正式な任命を」

そう半ば脅迫のような上申で王に迫った。

楚王には軍を力で掌握した項羽に歯向かう胆力はない。

王は宋義を失った悲壮を呑み込み、項羽を正式に上将軍に任命した。

戻った使者から上将軍に任命されたことを告げられた項羽だが、そこに浮かれの色はない。

「この軍は本来の目的を果たす」

そう告げると無塩の陣を払い、西へと進軍を始めた。

その軍中、率いる将の中には田都の姿があり、遠く離れた斉の北西、趙との国境付近には田安の姿があった。

「田都はうまく項羽に取り入った。奴らから斉を……取り戻せるならば、どんな形であろうとも……」

第21章 再会

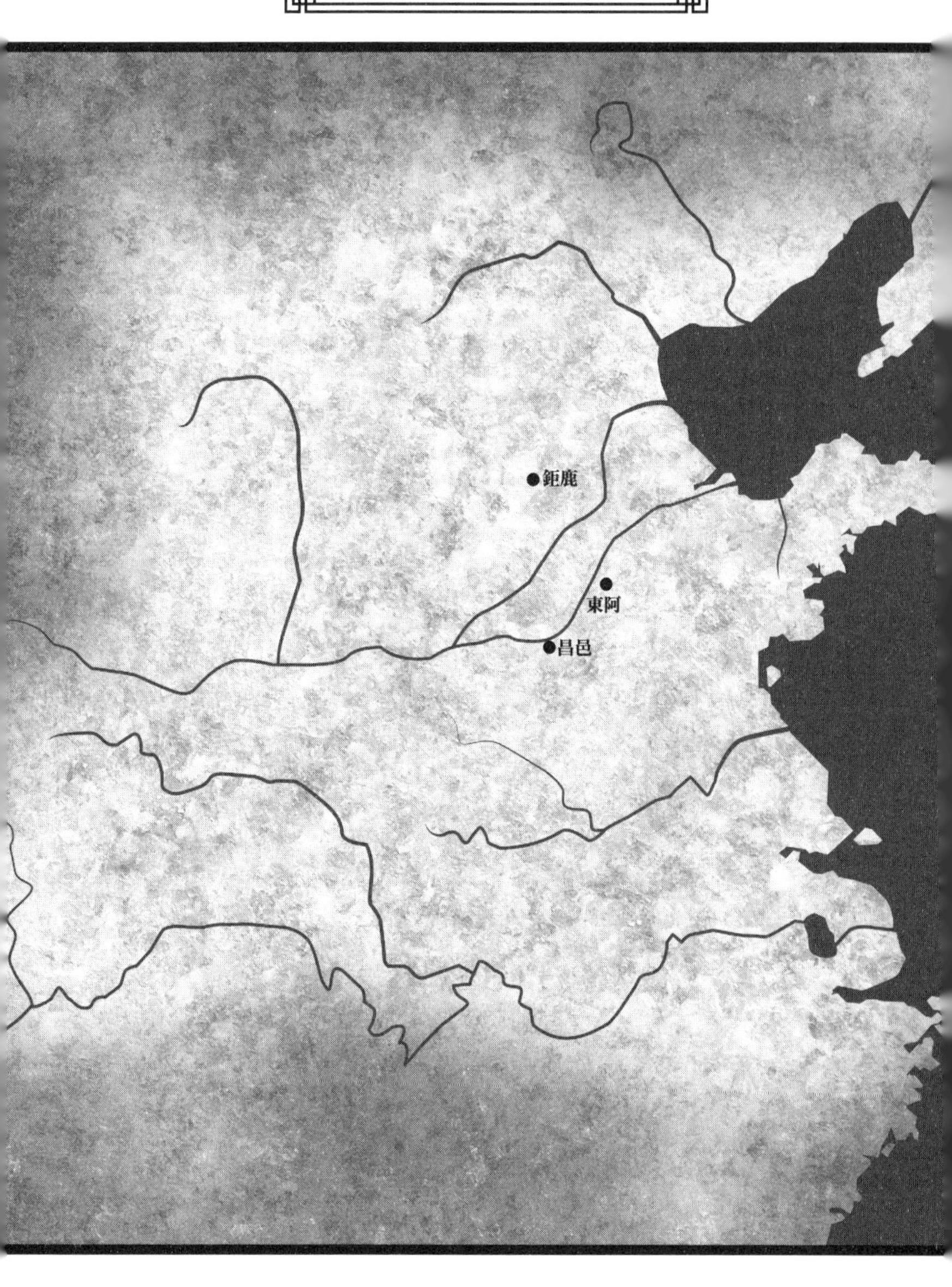

「田中、また脅しに行ってくれや。そろそろ音を上げる頃だろう」

楚の西征軍の将、劉邦がこともなげに俺に言う。

昌邑はよく耐えているが、劉邦と彭越に内外から攻められさすがにそろそろ限界の兆しが見えていた。

しかし開門あと一歩のところで昌邑攻略は白紙に戻される。


降伏勧告へ向かう俺とすれ違うように劉邦の下へ駆ける伝令。

その報せを聞くや否や、余裕の表情で座っていた劉邦は弾かれたように立ち上がった。

「やりやがったな、あの若造め……！」

そう呟くと幕舎から出ようとしていた俺を呼び止める。

「田中、勧告はなしだ。彭越を呼んでくれ」

振り向いた俺の目に映る劉邦の顔は青褪めながらも、どこかその報告を待っていたような不思議な表情だった。


「どうせ隠し切れんだろうから包み隠さず言うが、上将軍宋義が死んだ」

劉邦は俺や彭越を含めた主だった配下を集め、皆の前で告げる。

「なっ」

一斉に驚きの声が上がる。

俺はその中でも一際驚き、思わず声が漏れる。

あの鋭敏な策謀家が？

病死、な訳ないよな……。

「項羽将軍が斬ったらしい」

項羽……。

宋義と項羽の確執は理解していたが、こんな暴挙に出るとは。

范増も付いていたはずなのに。

……いや。

付いているからこそか？

「詳しいことはわからんがあの優雅な嫌味に耐えかねたのか、余程腹に据えかねることが起きたのか。ともかく頭にきてやっちまったんだろうぜ」

吐き捨てる劉邦。

「短絡的と片付けるには早計かもしれません」

劉邦の配下たちが頷いている中、俺は劉邦の予想に異見を唱える。

「ほう、聞かせな」

片眉を上げた劉邦は尋ねる。

否定から入らないこの態度に部下が躍動するのだろう。

「彼には范増という父事している秀才が付いています。その范増殿がこのような短慮を許すはずがありません。綿密な計画かどうかはわかりませんが、今後を収める勝算があってのことかと」

居並ぶ劉邦配下の将達が小さくざわめく。

暫く収まりそうにない。

劉邦は暫くその様子を眺めていたが、突如パンッと膝を叩いた。

「起きちまったことは変えられねぇ。これから起こることもわからねぇ。重要なのはこれから俺達がどうするかだ」

確かに項羽と范増は一度彭城へ戻るのか、それともこのまま趙へ歩を進めるのか見当がつかない。

そのまま鉅鹿まで行くという選択肢もあるが、鉅鹿を囲む秦軍に挑むには圧倒的に兵力が足りない。

あ……。

しかし俺はそこで歴史の一場面を思い出す。

ここか。

これが、項羽が秦に寡兵で大勝する場面か！

ということは。楚王は項羽を赦し軍を掌握することになる。

どうする？

これを進言したところで劉邦が項羽の上将軍就任を阻止できるとは思えない。

それに先ずは秦を倒すことが先決だ。

そして、その場に斉の勢力がいるのが最高の形だ。

後の影響力を得るためにも田横には鉅鹿に行ってもらわないと……。

とにかく劉邦には項羽が上将軍になって鉅鹿へ向かう可能性に言及しておこう。

劉邦にも動いてもらって斉軍のいそうな場所に近づかなければ。


俺は一歩前に進み、息を一つ吐き出した。

そしていつものふざけた表情はなく、皆を率いる将の顔をしている劉邦に語る。

「以前、陳勝の反乱で仮王を名乗り、主軍を率いて滎陽を囲んでいた呉広が配下の田臧に将器なしと殺されました。陳王陳勝は旗揚げの盟友であった呉広を殺した田臧を罰するどころか呉広の後任に据えました」

俺の言葉にまたざわめきが生まれる。

「同じことが起きると？」

「項家と楚王の力関係を鑑みても主軍を手中に収めた今、ありえん話ではないか」

察しの良い幾人かの呟きが聞こえる。

しかし劉邦は俺の目を見詰めながら顎髭を擦り、暫く黙り込んだ。

そして熟考の末、諸将に向かって伝達した。

「虎と爺がどう動くか、一先ず落ち着ける場所で様子を見たい」

くそ、あの目……。

俺と初めて会った時の観察するような、人の本質を見抜くような、あの目だ。

「しかし逃げたと思われるのは癪だ。栗へ向かう」

栗県は劉邦が沛公となって早くに領地にした碭県に近く、碭からは故郷豊邑、本拠地沛も近い。

ここで豊邑や沛に直行しなかったのが劉邦の諦めの悪さを表している。

俺の心を知ってか知らずか南へ向かうという劉邦にこれ以上反論する言葉は思いつかず、黙るしかなかった。

続いて劉邦は彭越に向かい、苦笑混じりに詫びる。

「彭越、わりぃがここまでだ。お前さんがこのままついてくるなら歓迎するがよ」

ふんと鼻を鳴らした彭越は同行する気はないことを告げると、

「あと一息といったところで、とんだ結末だな。お主から届いたわしの運は小さかったようだな」

そう言って、無念を皮肉で隠した。

どうやらこの共闘は彭越にとっても充実したものであったらしい。

「なに、また運んできてやるさ」

その彭越の胸の内すら見透かすように、劉邦はニヤリと笑って応えた。

「さて、楚はなかなか暗雲から抜け出せん。それに従う俺もだ。俺に運を運んでくる者はどこにいるんだろうな」

真意はどうあれ涼しげな顔で軽口を叩く劉邦。

その言葉が俺の心を決める。

俺も運ばなければ。

運ではなく、情報を。歴史を。

堂々と使者を出せる内容ではない。どうにかここを抜けて田横に伝えなければ。


想(おも)いとは裏腹に、田横との距離は離れていく。

粟へ辿(たど)り着いた劉邦軍は碭に残してきた軍と合流し、そこで所属不明の軍団と出合う。

空気が張り詰める中、間諜(かんちょう)の報告でそれは魏(ぎ)の軍であることがわかった。

兄、魏咎の焚死した後、魏国の復活を目指して項梁を頼った魏豹は未だ本拠を持たぬ流浪の身だが、地道に兵を増やし各地を転戦している。

その軍は栗近くの秦軍と交戦中で、突然の劉邦の登場に驚きながらも連携を申し入れた。

「雍歯の野郎のことはあるが、今はそんなこと言っている場合じゃねぇわな。しかしあの野郎はどこ行きやがったんだ」

劉邦は以前、故郷の豊邑を任せた雍歯が魏に寝返り、苦戦を強いられたらしい。

しかしそれをカラリと赦して、その共闘を受け入れた。

雍歯自体は相当恨んでいるようだが。

二つの軍は秦軍を上手く攻め、大勝した。

苦しい戦いを続けていた魏豹配下の将の意気高く晴れやかな表情が眩しく映る。

誰もが信じる者のために戦っている。

己を信じて戦う男、劉邦は周囲の異変を見逃すまいと目を光らせいつでも動き出せるように備えを充実させようと碭に向かった。

田横へ情報を届けたい俺にとってはまずい事態だ。

いっそのことこっそり抜け出そうかとも考えたが劉邦の近くにいる現在、簡単に抜け出すことなどできるはずもなく、仮にそんなことをすれば速攻で追っ手を出され、逃亡者として首が飛びかねん。

「王への申し開きのため一旦彭城へ戻るか。それとも王へは使者を送り、道々兵を集めるかだろう」

項羽の行動を予想し、劉邦は碭から動かない気でいる。

宋義率いる卿子冠軍は道々の秦軍を倒しながら兵を補充し、斉、燕や小勢力などと連携して鉅鹿へ向かう予定だったのだろう。それで漸く秦の兵力と並べるか、それでも劣るくらいか。

多少の兵力差ならば楚兵が精強さと策で補うつもりだったのか。

項羽であろうとそれは変わらないと劉邦は考えた。

しかし歴史が変わっていなければ項羽はこのまま自軍のみで趙へ向かい、勝つのだ。

勝利を信じているのは、現段階で項羽と俺だけだろう。

「項羽将軍が趙救援を諦めるとは思えません。せめて連携のため、歩を西へ」

俺も信じる者のため、信じてくれる者達のために足掻くが劉邦の返答は芳しくない。

「こんな時に関中に入って秦の大軍が趙から舞い戻ってきたらどうすんだ。それより秦軍が河水を渡ってくることを考えにゃならん」

再三、西征を進言するが聞き入れてもらえない。

焦る俺のしつこい言に、劉邦が訝しむ。

「田中よ。揉めていたはずの項羽の肩を随分持つじゃねぇか。いや、というより……」

また俺の心を覗くように、劉邦の目が怪しく光る。

まずいな。変に疑われたら動きにくくなる。


目礼して下がろうとした足が止まる。

このまま引いたらずるずるとこの場に留まることになる。

疑われようが、ここは。

俺は大きく息を吐いて、呼吸を整えた。

「賭けをしませんか」

俺の言葉に意表を突かれた劉邦は問い返す。

「賭け？」

深呼吸くらいじゃ収まらない緊張を、俺は薄笑いを顔に貼り付けて隠す。

「項羽殿の次の行動を賭けましょう。私は単独での強行。それ以外なら劉邦殿の勝ち」

射貫くような目で俺を睨んで黙り込む劉邦。

その劉邦に代わり、曹参が応えた。

「楚の主軍五万に対して秦は二十万、いや後方支援の軍も合わせれば三十万は下るまい。奴は単純だが戦に関しては利口だ。そんな愚かな真似はせん。圧倒的不利な博打だ」

俺は胸を軽く叩いて応える。

「圧倒的不利から勝つのが博打の妙でしょう」

自信有り気な仕草に見えただろう？

破裂しそうなほど脈打つ心臓を抑えるために叩いただけです。

「賭けの報酬は」

博打好きの琴線に触れたのか、劉邦が問う。

周囲がざわりとどよめく。

いいぞ好きだろ、こういうの。乗ってくれ……！

「私の自由を。勝てばここを離れるお赦しを」

田横の下へ戻る。

恨まれようと今はそれが最優先だ。

「いけませんぞ！　遊んでいる場合ではない！　田中殿もそのような職務を放棄するような
……」

青筋を立てた蕭何（しょうか）の怒声を手を振って遮った劉邦がさらに問う。

「斉に戻ろうってのか。俺が勝てばどうなる？」

俺の腹は読めているようだ。

まぁそりゃわかるか。

「生涯貴方に仕えましょう」

その俺の応えに蕭何は言葉を失い、曹参は疑いの目を向ける。

周囲がさらにざわめく中、劉邦は鋭い目つきはそのままに冷めた口調で俺に確かめる。

「二言はねぇな」

頷く俺。

劉邦は大きく口を開き、笑みをつくった。

それはいつもの人好きする笑顔ではない。俺を呑み込むつもりではないかという怪物のそれだ。

「乗ってやろう。だがもう次席はやらんぞ」

沛奪取の折、次席の地位をやると勧誘された。

「かまいません。そちらも約束を違えぬようお願いいたします」

牛馬の如くこき使ってやると劉邦の顔に書いてあるが、この博打に勝つのは俺だ。


勝つよな？


劉邦と賭けをして数日、碭で待機してからそう時を経ず、劉邦の下に二つの報が届く。

一つは劉邦と懇意である彭城の司徒呂臣からの報せ。

楚王が項羽を上将軍に任じたとのこと。

やはり楚王は項羽を憚ったのか恐れたのか、処罰することはなかった。

程なく他国へも通達されるだろうが、その時斉がどう判断するか。

正直あの腹黒い宋義の手が斉に伸びることがなくなり、少し安堵している部分もある。

斉と懇意であった宋義、宋襄を斬った項羽に田栄は怒り、それを糺さなかった楚王に失望したであろう。

しかしそれにこだわっている場合ではないことも理解しているはず。

田横を呼び戻すようなことはしないでくれと祈るのみだ。

もう一方はこの混乱の張本人、項羽からの使者だった。

使者は伝える。

「上将軍項羽はこのまま軍を率い、趙へ急行する」

その使者の言葉を聞いて、俺を除いた諸将が驚愕と困惑に包まれた。

劉邦は頬を引きつらせ使者に問う。

「急行てな、自前の軍だけでか？　どこか他の軍は」

「他国が同行するとは聞いておりませぬ」

そう応え、去っていく使者を劉邦は黙って見送るしかなかった。

これで田横へ知らせることができる！

とはいえ急がないと。項羽の進軍速度は常識では測れない。

俺は劉邦の前に進み出、逸る気持ちを抑えて拱手し頭を下げた。

「項羽将軍が上将軍として趙に向かうことを斉軍に伝えに行きます。遅かれ早かれ諸国に伝わること。田横ならば趙へ援助に動くでしょう。楚としても不利益なことではないはず」

劉邦が忌まわしげに問う。

「田中、おまえ知ってやがったのか?」

ドキリとさせる言葉に、鼓動が早まる。

「……項羽将軍の激情、楚人の軍の性分を読み取ったまでのこと」

声が上ずらぬよう細心の注意を払い、応える。

「蕭何が泣くぞ。斉に知らせるなら使者を出せば済むことだ」

劉邦は勝つ見込みのないと思われた博打に勝った俺を異才と見たのか、それとも何か感じ取ったのか。以前とは違いしぶとく引き止める。

「私が行かねばなりません。賭けは私が勝ちました」

蕭何には悪いが、使者の言葉だけでは足りない。

それ以上に、皆の下へ戻りたい。

俺のいるべき場所、帰る場所へ。

頭を掻き毟った劉邦は、

「期待させるだけさせやがって。また利口と縁切れだ！　くそ、どこへなりとも行きやがれ！」

悪態をつきながらも賭けに従って俺を自由にしてくれる劉邦の姿に苦笑する。

やっぱいい男だよな、このおっさん。

「縁が切れては困ります。再びまみえることになりましょう」

項羽は飛び立ち、劉邦も飛翔の時が近い。

その尾を見失わず、追いかけねばならない。


鉅鹿を囲む秦の王離軍は強攻せず、じわりと時を掛けて城を攻める。

——焦る必要は全くない。

王離はそう考えていた。

懸念材料であった兵站は章邯軍が甬道を整備し、守備を担ってくれたため滞ることなく兵糧も物資も送られてくる。

他の反乱軍から救援が来ようと自軍は二十万。章邯軍も合わせれば三十万は下らない。

仮に数万の軍を率いてきても、この兵力差の前では何もできないだろう。

現に救援であろう趙の別軍は城の北で遠巻きに眺めているだけで、その他の軍も同様である。

「城攻めというのは時間を掛けるものだ」

章邯も籠城する趙には王離同様、じわりと相手にすればよいと思っている。

「しかし咸陽の空からは見えんであろうな」

咸陽からは攻めあぐね、悪戯に時を過ごしていると思われているだろう。

実際に咸陽から王離に代わり早急に叛乱軍を鎮討せよ、と再三使者が送られてきていた。

そのたびに章邯は王離の戦略の正しさを説き、また自身が守る兵站の重要さを語った。

「怠けられるものなら怠けたいんだがな。現場の実情は十のうち一も伝わっていまい」

章邯は初めに勝ち過ぎたことを後悔していた。

咸陽と戦場を行き来する司馬欣が語る咸陽の宮廷の様子はひどいもので、勝って当然という弛緩した空気が流れ、当初の危機感を忘れたように兵や物資の補給も渋くなってきている。

「帰還する度に補充を訴える私を随分煙たがっているようで、耳触りの良い言葉しか聞こうともしませせぬ」

司馬欣はそう語り、身の危険すら感じるという。

趙高の専横ぶりは激しさを増し、二世皇帝に直接申奏できぬばかりか鉅鹿城を囲んで動かぬ王離や後方にまわった章邯を怠惰と責める口ぶりだという。

戦略が理解できぬ、いや理解どころか聞く耳すら持たぬ者の下で戦う虚しさは日毎に大きくなる。

章邯は咸陽に向かって呪詛を放つ。

「戦を知らぬ太った蛇め」

この戦いの勝利は鉅鹿城を落とすことではない。

鉅鹿という炎に釣られて寄ってくる虫を潰す。

それこそが真の勝利である。

すでに幾つかの小規模な勢力が顔を見せている。そして楚も動き出している。

項梁を失った楚は宋義という男が軍を率いているらしい。

宋義という男は生粋の武官ではないらしい。

「項梁以上ということはあるまいよ」

一度辛酸を嘗めさせられた楚軍だが、二度目はない。

帥将が変われば軍の性質も大きく変わる。

項梁以上の尖鋭的な統率力を持つ者ではないだろう。

元々九卿という高位の割に不精な風体であった章邯だったが、長く続く戦場の生活で鬚は疎らに伸び、頬肉はこけ、落ち窪んだ眼窩の下には隈が深く染み付いていた。

章邯は疲れていた。

そして章邯は未だ知らずにいた。

辛酸を嘗めさせた男は項梁ではなく、その男は宋義を殺して軍を掌握し、趙へ向かっていることを。


鉅鹿城の張耳から、城の北で駐屯する陳余へ救援を催促する使者が送られてくる。

「北側だけでも我らの五倍は居る。兵力が違い過ぎる」

陳余が恒山郡で募った兵は万を超したが、それでも秦軍の囲いを突破して城を救うには足りない。

「あの数に突っ込めというのか」

他国の救援軍を待つしかないと陳余は使者を送り返したが、

「こちらは四方、十倍以上の兵と戦っております。援けるはずの我らが沈めば何のために集めた軍か。陳余殿が突っ込めば、張耳様も城から出て包囲軍の背後を襲いましょう」

張耳の使者が今度は二人で現れ、再び陳余に攻撃を促す。

そして張耳からの伝言を読み上げる。

「我らは刎頸の交わりの仲。死ぬ時は共にと誓った仲ではないか。陳さんに信があるならば共に死のうぞ。決死の覚悟ならば万に一つは勝てよう」

その言葉を聞いた陳余は苛立った。

――信だと？　その信が揺らいでいるのは張さんだろう。

陳余は張耳に不信感を募らせていた。

かつて武臣を趙王に仕立てた時、陳余は張耳よりも上位の上将軍となった。

張耳はその不満を表に出さぬようにはしていたが、付き合いの長い陳余はそれに気付いていた。

――言ってくれれば、地位などいつでも交代するものを。


陳余はそう思っていたが武臣が李良に殺された後、旧趙国の子孫である趙歇を王に立てた。

そこから張耳は王の傍らで権勢を振るい、陳余は外向きの任務に就かされることが多くなった。

露骨に王から遠ざけられた陳余は張耳の陰湿さを感じ、二人の間に溝が生まれた。

現在も城の外で兵を集めさせ、万に一つも勝ち目のない突撃を命じられた陳余には張耳の言葉は響かない。

「せっかく集めた兵を無駄に損なうだけだ。国のため民のため、秦を討たねば死ねん」

刎頸の交わりを行った者と権力を競うような人物の信義のために無駄死にしたくはない。

使者二人は張耳を信奉する者達で、陳余の薄情さに怒りを露わに責め立て、小胆さを罵った。

「そこまで申すなら、貴方方に五千の兵を貸そう。張耳殿の信を確かめたい。もしあなた方の襲撃に合わせ城から兵が出てきたならば、己を恥じてこの手で我が首を刎(は)ねよう」

引くに引けぬ二人は五千の兵で秦軍へと飛び込み、激流に飲まれたように揉まれて沈んだ。

その間、鉅鹿の城門は固く閉ざされたままであった。

「哀れな終わり方よ」

陳余の悼みの言葉は二人の死へではなく、張耳との友情が死んだことへ向けたものだった。

鉅鹿の城はもう長くは持たない。

奇跡でも起こらねば救われぬ。

陳余や遠望する他の軍の誰もがそう考えていた。


しかし、その奇跡を起こす男は近づいていた。


碭を飛び出した俺は北へ向かって馬で駆けている。

疾走しながら俺は今までの旅で得た中原(ちゅうげん)の位置関係を頭に思い描く。

ここから北へ行けば済水(せいすい)に突き当たる。

済水沿いにさらに北上すれば臨淄(りんし)だ。

一度臨淄に戻るべきか。

いや、そこから田横の下へ向かっていたら間に合わないかもしれない。

しかし田横の軍が現在どこを進んでいるかわからない。

とにかく斉の領地に入って田横の居場所をつきとめなければならないが、当てもなく彷徨う時間はない。

馬の速度を落とし、思考に集中する。

田横は大きな邑や城を廻って兵を集めながらの行軍だろう。

斉国の西側の大きな邑は済水沿いに多い。

ここから真北の済水沿いには穀城や、対岸には秦に辛酸を嘗めさせられた東阿がある。

東阿には雪辱を果たしたいと募兵に乗る者も多いはず。

よし、まずは東阿に行くか。

そこで出会えずとも、なにか噂が聞けるかもしれん。

「はっ」

俺は馬の腹を蹴って合図を送ると、馬はそれに応えて速度を上げた。

曇天の湿った冷たい風が頬を打ち手綱を持つ手がかじかむが、それに反発するようにしっかりと力を込めた。

我ながら乗馬が上手くなったもんだな。

なんとか東阿に辿り着いたが、田横軍の姿はない。

しかし俺を知る兵がいたので教えてくれた。

数日前までここで兵を集めていたらしい。

そしてその後の行動も知れた。

知れたのだが。


「それは正確な情報なんですか!?」

斉では俺が思っていたより複雑で、最悪な事態が起こっていた。

趙との国境近く、済水の北で叛乱が起きた。

首謀者は田安。

田安は先王田儋の無謀な敗死、現王田市が傲慢且つ無才で王器ではなく、現政権は独りよがりで他国と協調せず、秦からの侵攻を止められぬだろうと民の不安を煽った。

そして正統な王の血統である自身ならばこの斉を守れると言い、すでに他国との連携も行っていると告げたという。

引き連れた兵とこれに呼応した者達を使い、数城を落としたらしい。

まさかの狄に近い地での叛乱。

むしろ狄が近く、壮大な田儋の王器とその死への失望と継いだ田市の癇性な性質を知っているからこそなのか。

理由はどうあれこの衝撃的な事実を受け、田栄は鎮圧のために臨淄から軍を出す。

また東阿で募兵を行っていた田横にも伝令が届き、北へ向かったという。

こんな時に田安は……。

いや、こんな時だからこその謀か。

劉邦は楚がなかなか暗雲から抜け出せんと言ったが、斉にも厚く暗い雲がかかったままだ。

田横を追わないと……！

東阿からまた馬で駆け出して数日。

馬に無理をさせているのを自覚し、一旦降りてその首を優しく叩く。

これ以上走らせれば潰れてしまうだろう。幾度か首を振って応えてくれるが明らかに疲れている。

健気な奴だな。

手綱を牽いてしばらく歩き、小川で馬に水を飲ませ、少しでも視界を取ろうと小高い丘に登った。

丘を登りきった俺の視界に砂塵が見えた。

旗に斉の文字が見える。

見つけた！

「もう少しだけ頑張ってくれるか？」

また首を叩く俺に短い嘶き(いなな)で応えた馬に飛び乗り、手綱を握った俺は丘を駆け降りた。

駆け寄る俺に気付いたのか軍は停止し、一人の男が乗馬で進み出てくる。

「田中！　なぜここに！」

「横殿！」

転がるように馬から降りた俺は、田横に駆け寄る。

足がもつれる。

馬だけでなく乗り続けた俺の足も限界だったようだ。

前のめりに倒れそうになる俺をいつの間にか下馬した田横が支えた。

「随分無理をしたようだな」

暖かい笑顔で俺に肩を貸す田横の声。

聞く者を安心させる声に帰ってきたことを自覚し、鼻の奥がツンとする。

しかし感傷に浸っている場合じゃない。

「横殿、内乱だけではない。今、斉は岐路に立っています」

俺の態度に、田横は表情を引き締める。

「わかった。お主がなぜここにいるのかと問うのは愚問なのだろう。道中で話を聞こう」

篤(あつ)い信頼が、余計なやりとりを省いてくれる。

胸に込み上げるものがあるが、今は田横の言う通り伝えねばならないことがたくさんある。

頷く俺を見て田横は進軍の再開の指示を出そうとするが、それを俺が止める。

「軍の進路に関わることゆえ、どうか先ずは話を」

田横はその言葉にやや目を細めた。

しかし俺をじっと見つめた後、軍に待機を命じた。


「では項羽は秦に孤軍で当たろうというのか」

いつでも進軍できるよう指示して軍を止めた田横は、俺の語った項羽の無謀とも思える行動に驚く。

「すでに趙に到着している軍もあるだろうが、連携しても兵力差は著しい」

田横の言うことはもっともである。

俺はこの最も信頼のおける兄のような男を死地に連れて行こうとしているのかもしれない。

項羽が勝つからといって、そこにいる全員が生き残る訳じゃない。それでも。

「横殿。……兵を割れませんか」

田横は俺の突拍子もない提案に驚きもせず、落ち着いて状況を語る。

「済北の叛乱の規模は大きくはない。しかし叛乱を鎮めるだけではなく周囲の不安を払拭するためにも速やかに対処せねばならん。そのために臨淄からも、そしてこの軍も鎮圧へ向かっている」

至極まっとうな言い分に、俺は再度無茶な要求を口にする。

「少数でもいい、趙へ軍を出さねばならないのです」

引かない俺を田横は真っ直ぐ見据える。

その姿は全てを悟っているようにも見える。

「……勝つのか？」

無言で頷けば、この男はまた笑って聞き入れてくれるかもしれない。

しかし今、言葉としてはっきりさせなければこの男を裏切るような気がした。

「私は……。俺は、おぼろげながらこの先を。未来を知っているんだ」

言った。言ってしまった。

狂人か、胡散臭い易者扱いされても仕方がないような言葉だ。

田横の反応が気になり、様子をうかがう。

さすがに予想外であったのか大きく目を見開いた田横は、少し戸惑いながらも俺に問うた。

「中、お主は神仙の類か？」

想いもしない問いに俺は慌てて答える。

「いえ、まさか。いたって普通……よりひ弱な人間ですよ」

大きく安堵の息を吐いた田横はゆったりと笑った。

「だよな。こんな人臭い神仙が居るとは思えん」

心が休まるような、こちらまで頬が緩んでしまうような笑顔だ。

……なんだよ、それ。てか、それだけかよ。

俺の意を決した告白の返答がそれかよ。

胸に熱さが溢れて、全身が痺れるように打ち震えた。

「ここで趙に援軍を出さねば勝ち馬に乗れぬばかりか、不義理を責められるという訳だな」

元々斉によい感情を持っていない項羽は、宋義と友誼を結んでいたこの国をさらに敵対視するだろう。

誰も止められなくなった項羽が一言、斉を攻めると言えば周辺国全てが敵になる。そんな事態だけは避けたい。

「ええ、まぁそういうことですが……」

本当にあれだけで終わりか？　もっと聞くことあるんじゃないのか。

しかし田横は声を張り、華無傷の名を呼ぶ。

　そして軍の次将として参加していた華無傷と、楚の使者の役目を終え合流していた田広に命じる。

「軍を半数に分け、俺は趙へ向かう。楚軍が勝負に出たらしい。お主は残りを率いて鎮圧へ向かえ。そしてこのことを兄上に伝えてくれ」

　田広と華無傷は怪訝な表情をし、顔を見合わせたが、こちらをちらりと見てニッと小さく笑うと、拱手して短く応じる。

「はっ」

　なにかを察したような、勘違いしているような華無傷は踵を返すと、編制のためか兵達の下へと駆けていった。

　田横の余りの躊躇のなさに俺の方が不安になってくる。

「信じるのですか」

　戸惑う俺に田横は近づき、

「顔を見ればわかる。それに」

　俺の胸を軽く叩く。

「俺は未来を信じたのではない。お主を信じているのだ」

　まいった。降参だ。

この男には敵わない。

この英雄を。友を。

絶対に死なせたくない！


熱くなった目頭を押さえ、大きく息を吐き出した俺は田横に伝える。

「先程言った通り俺の知識は限定的で、曖昧だ。そして未来が変わればその知識は役に立たなくなるだろう。あまりあてにしないでくれ」

気張った俺の様子を見た田横はニヤリと笑い、俺の肩を強めに叩いた。

いってーよ！

「それでもお主にはその弁があり、知識ではなく知恵がある。あとは多少の御車の腕か。まぁ、しかし俺以外に言うのは止めておいた方が良いかもしれんな。奇人変人扱いされるだけだろう」

ですよね。

趙の救援に向かう軍を引き連れ、田横と肩を擦る俺は西へと進軍を始めた。

あとがき

この度は『項羽と劉邦、あと田中』第四巻をお手にとっていただき誠にありがとうございます。

そして漫画版の四巻も同時発売ということで、これも皆様のご愛顧によるものと重ねて御礼申し上げます。

拙作はよく人物像が面白いとお褒め頂くことが多いのですが、人物の性格に関してはこれというモデルはありません。

しかし風貌に関してはイラストレーターの獅子猿先生に伝えねばならないこともありますが、かなり具体的に想像しております。

私の場合、俳優さんを参考にしており田横は男性も憧れるあの人、劉邦は濃い顔で三枚目もこなすあの人など新しいキャラが出るたびに（この人物はこの俳優さんっぽいな）と思いながら書いております。

ただ田中だけは誰という方がおらず、皆様の想像上の田中はどんな風貌なのか、すごく気になります。


そんな田中は斉を出奔した後、なんとか斉と楚を繋ごうとしますが時代の流れ、人の思惑に翻弄され続けています。

今、田中は歴史の転換期の大変な時期に差し掛かっておりますが、私たちもコロナ過という大変な状況で多くのことが停滞、減速する中、拙作が皆様の気分転換の一助になれば幸いです。
これからも「項羽と劉邦、あと田中」をよろしくお願いいたします。

二〇二一年十二月吉日　古寺谷雉

この本を読んでのご意見・ご感想・ファンレターをお待ちしております。
〈宛先〉 〒104-8357 東京都中央区京橋3-5-7
(株)主婦と生活社 PASH!編集部
「古寺谷 雉」係
※本書は「小説家になろう」(https://syosetu.com)に掲載されていたものを、改稿のうえ書籍化したものです。

項羽と劉邦、あと田中4

2021年12月13日 1刷発行

著者	古寺谷 雉
編集人	春名 衛
発行人	倉次辰男
発行所	株式会社主婦と生活社 〒104-8357 東京都中央区京橋3-5-7 03-3563-5315(編集) 03-3563-5121(販売) 03-3563-5125(生産) ホームページ https://www.shufu.co.jp
製版所	株式会社二葉企画
印刷所	大日本印刷株式会社
製本所	下津製本株式会社
イラスト	獅子猿
デザイン	Pic/kel
編集	山口純平

©Kiji Kojiya Printed in JAPAN ISBN978-4-391-15643-0